Botho Strauß:
Die Zeit und das Zimmer
Sieben Türen / Bagatellen

Theaterstücke

Deutscher
Taschenbuch
Verlag

dtv

Von Botho Strauß
sind im Deutschen Taschenbuch Verlag erschienen:
Marlenes Schwester (6314)
Die Widmung (10248)
Paare, Passanten (10250)
Kalldewey, Farce (10346)
Der Park (10396)
Trilogie des Wiedersehens / Groß und klein (10469)
Rumor (10488)
Der junge Mann (10774)
Die Fremdenführerin (10943)
Niemand anderes (11236)
Besucher (11307)
Kongreß (11634)
Theaterstücke in zwei Bänden (11747 / 11748)
Diese Erinnerung an einen, der nur einen Tag
zu Gast war (19007)

Ungekürzte Ausgabe
Dezember 1995
Deutscher Taschenbuch Verlag GmbH & Co. KG,
München

ISBN 3-446-15879-0
Gestaltungskonzept: Max Bartholl, Christoph Krämer
Umschlagbild: ›Che fuma‹ von Sandro Chia (© VG Bild-Kunst, Bonn 1995)
Satz: Reinhard Amann Fotosatz, Aichstetten
Druck und Bindung: C. H. Beck'sche Buchdruckerei,
Nördlingen
Printed in Germany · ISBN 3-423-12119-X

Das Buch

»Das Theater ist der Ort, wo die Gegenwart am durchlässigsten wird, wo Fremdzeit einschlägt und gefunden wird«, sagte Botho Strauß in seiner Dankesrede anläßlich der Verleihung des Büchnerpreises, 1989. Die Erinnerung ist bei ihm ein großes Thema. Gerade in ›Die Zeit und das Zimmer‹ schimmert die Sehnsucht nach etwas durch, das mehr wäre als der Augenblick. Hier wird die Gegenwart für »Fremdzeit« durchlässig. Das Mythische bricht durch, und die Säule im Zimmer beginnt zu sprechen. ›Sieben Türen / Bagatellen‹ ist eine Folge von Kleinstdramen, die sich auch einzeln aufführen lassen. Die Bagatellen bestehen aus lauter Mißverständnissen im Alltag, bei denen Rollenverständnis und Wirklichkeitssinn nicht harmonieren. Zum Beispiel: Ein Paar sitzt verloren auf seinem Hochzeitsfest. Es hatte vor lauter Glück vergessen, Gäste einzuladen. Oder: Völlig verständnislos lehnt es ein Leibwächter ab, einen Parkwächter zu schützen. In Botho Strauß' Stücken geht es oft um den Mangel an Kommunikation in einer redenden Gesellschaft. Eines seiner Anliegen ist die Auflösung der linearen Fabel in Bruchstücke von Handlungszusammenhängen. Schockartig werden die etablierten Wahrnehmungsformen durchbrochen.

Der Autor

Botho Strauß, am 2. Dezember 1944 in Naumburg/ Saale geboren, war Redakteur, Theaterkritiker und später dramaturgischer Mitarbeiter an der Schaubühne am Halleschen Ufer. Lebt in Berlin.

Die Zeit
und das Zimmer

Personen

Julius
Olaf
Marie Steuber
Der Mann ohne Uhr
Die Ungeduldige
Frank Arnold
Die Schlaffrau
Der Mann im Wintermantel
Der völlig Unbekannte

I

Ein Raum mit drei großen Fenstern zur Straße. Im Hintergrund die gegenüberliegende Hausfassade. Vor dem mittleren Fenster ein kleiner Tisch und zwei Sessel. Der eine zum Fenster, der andere nach innen gerichtet. Links die Wohnungstür und eine holzverkleidete Säule. Rechts eine Tür, die zu einem anderen Raum führt.
Im Sessel zum Fenster Julius. Im Sessel zum Zimmer Olaf.

JULIUS Du hast heute noch nicht aus dem Fenster geschaut...
Die Weihnachtsbäume liegen im Februar noch am Straßenrand. Eislachen bedecken den Streusand wie ölige Plastikfolien. Unter dem geschmolzenen Schnee kommen die abgebrannten Knallkörper von Sylvester zum Vorschein. Und der Hundekot vom vergangenen Jahr. Gegen die Bommel an den Platanen klopfen die Spatzen in blinder Nervosität. Die Keilriemen quietschen. Die Wagenhalter tragen ihre Batterien für die Nacht ins warme Zimmer. Die Taubenzehen klappern auf dem Zinkblech der Fensterbänke. Entwertetes Geflügel. Unkraut der Lüfte. Nirgendwann ist Stille. Selbst im schläfrigen Lärm hörst du das grollende Schnarchen ferner Preßluftbohrer. Man weiß nicht, was das für ein Tag ist. Vielleicht der bräunlichste Tag des Jahres. Sicher aber ein ans Ausweglose grenzender Tag. Die Mädchen spiegeln sich in den Schaufensterscheiben und bürsten im Vorübergehen rasch ihr Haar. Da kommt

eine im kniekurzen Rock – bei der Kälte! – in schwarzen Strumpfhosen und atmet in den Kragen ihres grüngoldenen Lamépullis. Hübsche Karausche. Schreckliche. Schon im Gehen hat sie etwas Hingefläztes, Faules, Illustriertenblätterndes, Lockenwicklerhaftes, Bildschirmbleiches. Die jungen Männer nebenan laufen in ihren schmutzigen Overalls und blauen Latzhosen und sanieren wieder im Hinterhaus. Die amtlich Arbeitslosen tragen dicke Schlüsselbünde mit unzähligen Schlüsseln an ihren Gürteln. Sie beladen kleine Mietlastwagen und fahren Gabelstapler mit Isoliermatten durch das Tor. Sie arbeiten Werk- und Feiertag und sitzen abends mit ihren Frauen und Schäferhunden zufrieden in der Kneipe. Halb sind sie scheidende Hausmeister, halb schon werdende Hausbesitzer.

Der Türbrummer geht. Julius drückt auf einen Knopf unter der Fensterbank. Herein tritt Das Mädchen von der Straße.

DAS MÄDCHEN VON DER STRASSE Haben Sie eben über mich geredet? Sind Sie das? Was erzählen Sie da? Bildschirmbleich und illustriertenblätternd – Sie kennen mich doch gar nicht. Sie sehen mich hier von Ihrem Fenster aus zum ersten Mal und fällen gleich ein abschätziges Urteil über mich. Was wissen Sie von mir? Nichts.

Sie geht zum linken Fenster und sieht zur Straße hinunter.

Als ich ankam, auf dem Laufband im Flughafen lauter gleiche Koffer. Keiner fand sein Zeug. Ich griff mir schließlich irgendeinen, denn es wurde mir zu bunt, mit 250 wildgewordenen Passagieren nach meinen Sachen zu suchen. In der Ankunftshalle frage ich einen Mann, der aussah, als wollte er mich abholen: Sind Sie Frank Arnold? Er sagte ja, obwohl er es nicht war. Sondern täglich auf dem Flughafen stand und sich an Leute heranschlich, die aussehen wie bestellt und nicht abgeholt. Und sagt zu jedem Namen, den man ihn fragt, ja.

Sie zündet sich eine Zigarette an, legt das Einwegfeuerzeug auf die Fensterbank.

Auf wen habe ich mich nicht alles eingestellt! Ich habe mich eingestellt auf den umständlichen, auf den empfindsamen und auf den kaufmännischen Mann. Teilgehabt an ihren Problemen. Ihre Art, die Welt zu sehen, studiert, angenommen, mir zueigen gemacht. Auf den Schweigsamen wie auf den Geschwätzigen habe ich geantwortet. Ich habe dem Unglücklichen aufgeholfen und bin für den Fröhlichen eine Lachgesellin gewesen. Mit dem Sportler bin ich gelaufen, mit dem Trinker habe ich getrunken. Hängen blieb nichts. Von keinem. Keine Spur. Das ist gesund gewesen. Dort holte ich's mit vollen Armen, dort ließ ich's: was ich bin.

Habt ihr hier kein Thermometer Barometer Wetterhäuschen?

JULIUS Wir sind selber sehr wetterfühlig. Wenn er aus dem Fenster sieht und ich ins Zimmer blicke, dann wird es regnen oder schneien. Wenn ich aus dem Fenster blicke und er ins Zimmer, dann haben wir bald Sonnenschein.

Der Türbrummer geht. Der Mann ohne Uhr tritt auf.

DER MANN OHNE UHR Ich habe hier vergangene Nacht ein Fest gefeiert. Irgendwo muß ich meine Armbanduhr vergessen haben. Es war doch hier? Ja.

Ich erinnere mich genau an diesen Raum, die drei großen Fenster zur Straße. Gestatten Sie, daß ich im Badezimmer nachsehe?

JULIUS Bitte.

Der Mann ohne Uhr geht durch die rechte Tür ab.

DAS MÄDCHEN VON DER STRASSE Besagtes Leben, um noch einmal darauf zurückzukommen, wir haben ja nur unsere Erinnerungen. Alles übrige: am Fenster stehen und hinausschauen, bis man vom Erdboden wieder verschwunden ist.

Der Türbrummer geht. Die Ungeduldige tritt auf und durch die rechte Tür steckt Der Mann ohne Uhr seinen Kopf.

DIE UNGEDULDIGE Ich wollte Sie wiedersehen.

DER MANN OHNE UHR *tritt herein.* Was für ein Zufall! Ich kam her, um nach etwas zu suchen, das ich verloren habe. Wie geht es Ihnen?

DIE UNGEDULDIGE Gut. Ich habe sehr unruhig geschlafen.

DER MANN OHNE UHR Ich auch. Irgend etwas war. Ich spürte, daß ich etwas verloren hatte, als ich heute früh aufwachte.

DIE UNGEDULDIGE Ich glaubte, etwas gewonnen zu haben.

DER MANN OHNE UHR Ich wachte auf und wollte auf meine Uhr sehen. Da merkte ich, daß sie nicht neben mir auf dem Nachttisch lag. Ich suchte sie –

DIE UNGEDULDIGE Und? Haben Sie sie wiedergefunden?

DER MANN OHNE UHR Nein. Ich bin gar nicht sicher, ob es hier war, wo ich sie verloren habe.

DIE UNGEDULDIGE Merkwürdig. Sie sind ganz anders zu mir als gestern abend.

Der Mann ohne Uhr Ja, gestern war ich noch sehr zurückhaltend –

Die Ungeduldige Aber nein! Sie waren gar nicht zurückhaltend. Im Gegenteil. Sie haben sich um mich bemüht. Sie haben mich förmlich überfallen mit Ihren Komplimenten.

Der Mann ohne Uhr Inzwischen bin ich Ihnen etwas nähergekommen und nehme mir gleich zuviel heraus, so ist es nun mal.

Die Ungeduldige Und mir macht es den Eindruck, als wüßten Sie gerade jetzt nichts Rechtes mit mir anzufangen. Als langweilte ich Sie. Sie tun nicht das gleiche wie gestern abend.

Der Mann ohne Uhr Ich muß Ihnen äußerst aufdringlich erscheinen.

Die Ungeduldige Nein, gerade nicht. Ich hatte es eigentlich erwartet.

Der Mann ohne Uhr Seltsam. Und ich hatte das Gefühl: Jetzt gehst du zu weit. Jetzt wirst du ihr lästig.

Die Ungeduldige Ach, Sie bleiben weit hinter gestern zurück.

Der Mann ohne Uhr Tatsächlich? Wie spät haben Sie übrigens?

Sie gehen zum rechten Fenster und blicken hinaus.

Julius Siehst du, Olaf, wie sie sich täuschen, die Menschlein. Alle verwechseln einander. Hier hat nie ein Fest stattgefunden. Nicht gestern, nicht vorgestern. Nicht vor einem Jahr und vermutlich seit dem Richtfest des Hauses keines mehr.

Der Türbrummer geht. Frank Arnold kommt herein.

Frank Arnold Entschuldigen Sie die Störung: Ist zufällig eine Marie Steuber hier? *Das Mädchen von der Straße dreht sich an der Fensterbank um.*

Sie sind das ...? Ich kam fünf Minuten zu spät zum Flughafen und schon nahmen Sie mit einem anderen vorlieb. Wie schade. Meine Herrschaften, diese Frau ist ein Joker. Jeder kann sie in seinem Spiel für die Zwecke benutzen, die ihm gerade günstig erscheinen. Leben Sie wohl, Marie Steuber. Alles, was Ihnen von nun an geschieht, wäre Ihnen erspart geblieben, wenn Sie fünf Minuten länger auf mich gewartet hätten. Wir haben uns verfehlt, Marie, Sie hätten in meine Karten gehört ...

Er geht durch die linke Tür ab. Der Mann ohne Uhr geht zu Marie Steuber.

DER MANN OHNE UHR Ich habe gehört: Es soll dir sehr schlechtgegangen sein.

MARIE STEUBER Du hast davon gehört? Ich kann es dir auch selbst erzählen, wenn du willst.

DER MANN OHNE UHR Es muß grausam gewesen sein.

MARIE STEUBER Man wird wiederhergestellt. Die Schönheit leidet darunter, wie du siehst. Das ist nicht Fett, das ist nicht Alkohol, das sind die Pillen, das ist der Pharmateig.

DER MANN OHNE UHR Aber du willst leben jetzt?

MARIE STEUBER Ich bekam anfangs einen Blocker, der wirkte auf meine Motorik, ich mußte unwillkürlich die Hände hochwerfen, so: ›Ich ergebe mich, ich ergebe mich.‹ Soviel zu der Frage, ob ich leben will.

DER MANN OHNE UHR Du sprichst jetzt darüber, als würdest du einen Behördenwitz erzählen.

MARIE STEUBER Kurz darauf probierte man ein neues Mittel an mir aus, und ich sprach alles nach, was ich hörte. Ich konnte keine Antwort mehr geben, ich wiederholte nur noch die vernommenen Laute. Ich war ein Echo geworden.

DER MANN OHNE UHR Hast du es bei vollem Bewußtsein erlebt?

MARIE STEUBER Die Alternative wäre ein Präparat gewesen, und ich hätte alles greifen müssen wie ein Baby. Grapp grapp grapp.

Sie faßt die neugierig sich nähernde Ungeduldige am Arm, die weicht mit einem ›Huch!‹ zurück.

DER MANN OHNE UHR Man kann es ausleben, das Übel. Mit den Jahren. So wie ein Baum eine Wunde von seinem Organismus isoliert, abschließt und doch als ein verholztes, totes Ende immer bei sich bewahrt. Er wächst darüber hinweg – und du wächst auch.

MARIE STEUBER Ich habe es zweimal versucht. Ich habe mein Bestes getan. Ich kann nicht leben. Ich werde es auch ein drittes Mal versuchen, wenn die Zeit kommt und ich noch Kraft genug habe. Das da drinnen, der Elefant, der mich zertrampeln will, wurde nur mit Betäubungspatronen beschossen und wacht irgendwann im Zoo wieder auf.

Der Mann ohne Uhr geht zu der Ungeduldigen.

DIE UNGEDULDIGE Sie haben sich mit Marie unterhalten? Mein Gott, ich trau mich gar nicht, mit ihr zu sprechen. Wie spricht man denn mit jemandem, der so etwas hinter sich hat?

DER MANN OHNE UHR Ich glaube, ich hatte ihr etwas zu sagen. Wahrscheinlich wird sie jetzt darüber nachdenken. Ich habe ihr einen Begriff von ihrer Krankheit gegeben, mit dem sie leben kann. Man muß vernünftige Worte wählen. Vollkommen vernünftig sein. Das strahlt positiv ab auf solch labile Menschen.

DIE UNGEDULDIGE Das könnte ich nie.

Sie zündet sich hastig eine Zigarette an.

DER MANN OHNE UHR Ja. Dem muß man sich aussetzen.

JULIUS *aus dem Fenster blickend zu Olaf* Wir wollen nichts. Wir haben nichts vor. Wir sind zwei sich liebende Skeptiker. Wie lange haben wir nicht mehr gesagt: Man könnte, man sollte, man müßte. Wir genießen die gemeinsame Seelenruhe, die innere Schönheit: nichts zu wollen. Und doch liegt uns manchmal der Plan auf der Zunge. Leuchtet die Idee im Auge. Aber Ideen sind scheu. Schon mit dem ersten Wortlaut sind sie verschwunden. Es wird niemals von uns ein Plan gefaßt werden. Er ist nicht zu fassen. Wenn man alles genau durchdenkt. Wenn man alles sorgfältig mit sich geschehen läßt. Wir wollen im Grunde nichts. Das ist eine sehr weitreichende Position, mein Lieber.

DIE UNGEDULDIGE *neben dem Mann ohne Uhr am rechten Fenster* Ich denke oft, wenn ich rauche, daran, mir eine Zigarette anzuzünden.

DER MANN OHNE UHR Wieviel rauchen Sie am Tag?

DIE UNGEDULDIGE Wie fragen Sie?

DER MANN OHNE UHR Ich frage nur, um nicht antworten zu müssen.

DIE UNGEDULDIGE Ja frag mich! Frag mich aus! Frag! Frag! Hier – frag alles! Nur wenn du fragst, kann ich atmen, kann ich leben!

MARIE STEUBER *halb aus dem Fenster blickend* Ein Mann trug in der Winternacht eine Frau aus einem brennenden Hotel. Sie schlief auf seinen Armen, sie erwachte nicht von dem Lärm und der Feuersbrunst. Sie schlief, sie schlief. Er nahm sie mit auf seine Heimreise. In der Eisenbahn schlief sie neben ihm, an seine

Schulter gelehnt. Er nahm sie zu sich nach Hause, und sie schlief in seinem Wohnzimmersessel und erwachte nicht. Er rief Ärzte, die sie untersuchten, aber auch sie konnten und wollten sie nicht aufwecken. Sie stellten nur ihren tiefen, gesunden Schlaf fest. So lebte er neben ihr dahin und begriff, daß er ihr Traum war, und nichts sonst. Er wurde älter und unentschiedener.

DER MANN OHNE UHR Womit spielen Sie da am Handgelenk?

DIE UNGEDULDIGE Swatch. Neue Uhrenart. Kann man dauernd wechseln. Viele verschiedene Uhren zu vielen verschiedenen Zwecken. Wie zum Sammeln so zum Wegwerfen.

DER MANN OHNE UHR Die werden noch die Uhr für einen Tag erfinden. So wie den Rasierer für eine Rasur, das Besteck für eine Mahlzeit.

DIE UNGEDULDIGE Von dieser Sorte gibt's die spezielle Uhr für Skiakrobatik, Sauna, Tischerücken, Liebe auf den ersten Blick, Nachmittage am Delphinbassin. Die Uhr für gewisse Stunden eben.

Der Türbrummer geht. Ein Mann im Wintermantel kommt herein und trägt auf seinen Armen eine kaum bekleidete schlafende Frau.

DER MANN IM WINTERMANTEL Was für eine fürchterliche Nacht! Ich habe kein Auge zugetan!

JULIUS Es ist gut. Wir wissen Bescheid. Legen Sie die Frau hier auf den Sessel. Wir kümmern uns um sie.

DER MANN IM WINTERMANTEL Ihre Adresse, mein Herr, befand sich in ihrem Brustbeutel. Sie sind offenbar hier im Umkreis der ihr Nächststehende.

Julius nimmt einen Finger der Schlaffrau und betrachtet ihn von nahem.

JULIUS Ist sie es nun oder ist sie es nicht? Die Finger etwas dürr. Siehst du? Das vordere Glied leicht nach oben gebogen, starke Rillenwulst. Ja. Es könnte sein. Finger, die immer etwas fingrig blieben. Nie ganz Hand wurden. Spuchtige Daktylen. Doch, ja. Ich erinnere mich. Vor vielen Jahren – für kurze Zeit.

DER MANN IM WINTERMANTEL Tatsächlich brannten alle sieben Stockwerke dieses abscheulichen Hotels nahezu vollständig aus. Es ist jedoch niemand zu Schaden gekommen. Alle 328 Gäste, die von der Feuersbrunst gegen vier Uhr morgens, also im Schlaf überrascht wurden, konnten sich rechtzeitig in Sicherheit bringen oder wurden wenig später von der Feuerwehr aus den Fenstern geholt. Allein ich ergriff diese Frau, die auf einer Couch in der Diele des zweiten Stocks, in dem ich untergebracht war, nächtigte, aus welchem unbegreiflichen Grund auch immer, also geradewegs vor meiner Zimmertür, und offenbar in weitaus tieferen Schlaf versunken war als alle anderen Gäste, die neben ihr schreiend die Treppen hinunterstürzten.

Er geht zur Wohnungstür, dreht sich noch einmal um.

Wenn wirklich der Mann eine Frau in sich trägt, die am Fuße seines Rückgrats schlummert und heißt: ›sie, die da gewunden ist‹ oder ›unsere Diana‹, so sprang sie mir in dieser Feuersnacht von innen auf beide Arme, und ich trug sie schlafend, kaum bekleidet, wie sie war, aus dem Flammenhaus. Unvergeßlich bleibt mir von nun an ihr ruhendes Gewicht, der Druck ihrer entblößten Schenkel auf die Knochen meiner Unterarme – für immer wird die Fleischlichkeit dieser keuschen Last auf mir wiegen.

Er geht ab.

JULIUS Schöner Ausflug damals. Reise gen Norden.

Strohhaus gleich hinter den Dünen. Den ganzen Tag in den Betten und abends hinaus mit weichen Knien, um Wein und Selters zu kaufen. Insgesamt eine kurze Zeit. Junges Mädchen. Kicherte dauernd vor Hast und Verlegenheit. Nie wieder gehört von ihr. Wär mir im Traum nicht eingefallen, daß sie ausgerechnet meine Adresse im Brustbeutel hat. Gereist gelitten gewallfahrtet. Vor Liebe gestorben zur Ruhe gekommen abermals vor Liebe gestorben. Nein, nie wieder Beginn! Nie wieder Aufbruchstimmung. Man kann von Glück sagen: Nie wieder diese Hast! Siehst du: Wie hartherzig wird unser Gedächtnis – bei der Betrachtung des Fingers einer entfernten Geliebten. Wenn die halbe Nacktheit den Verstand verführt, die halben Wahrheiten zu sagen.

Olaf erhebt sich aus dem Sessel, um sich kurz die Beine zu vertreten. Die Ungeduldige löst sich von der Fensterbank, tritt neben ihn.

DIE UNGEDULDIGE Wir haben uns einmal kennengelernt …

Olaf wendet sich ab und setzt sich wieder. Die Ungeduldige geht zurück zum Fenster.

Nein. Schwach. Ich versuch's gleich noch einmal.

Olaf steht wieder auf, Die Ungeduldige nähert sich ihm ein zweites Mal.

Wir haben uns einmal kennengelernt …

Olaf wendet sich ab, setzt sich wieder. Die Ungeduldige geht zurück zum Fenster.

Nein. Ich hab's noch nicht. Ich probier's später wieder.

MARIE STEUBER *halb aus dem linken Fenster blickend* Zwischen den Menschen knirscht es und hält durch sie hindurch die Große Maschine an. Da, sie purzeln vorwärts durcheinander, sie stürzen kopfüber aus ihrem geraden Lauf. Dann eiserne Stille.

JULIUS Sie reden es herbei. Vorsicht!

MARIE STEUBER Manch einer rückt noch seinen Tisch vors Fenster oder seinen Schrank neben das Bett. Sie rücken noch einmal ein bißchen in ihrer Wohnung herum und tragen frische Wäsche von einem Raum in den anderen. Oder huschen geduckt unter den Spiegeln vorbei. Dann wird es ganz still.

JULIUS Sie reden es herbei, Sie reden es herbei...

MARIE STEUBER Gegenüber im dritten Stock erwacht eine Frau in einer fremden Wohnung spät am Tag, wirft einen ersten Blick aus dem Fenster, liest in der liegengelassenen Zeitung, kocht sich Kaffee, sucht nach der Zuckerdose auf allen Borden, wischt die Schmutzflecken vom Küchentisch, niest ins Geschirrtuch, nimmt einen nicht ihr geltenden Anruf entgegen, geht ins Bad, öffnet ihre zweite Reisetasche – und dann läßt auch sie alles sein.

Der Türbrummer geht. Der völlig Unbekannte kommt eilig herein, geht geradewegs auf die Schlaffrau zu.

DER VÖLLIG UNBEKANNTE Hat sie irgend etwas erzählt? Ich frage Sie: Hat sie die leiseste Andeutung gemacht?

DIE ANDEREN Nein.

DER VÖLLIG UNBEKANNTE Sie wissen nicht, wer ich bin?

DIE ANDEREN Nein.

DER VÖLLIG UNBEKANNTE Sie sprechen mit einer Stimme. Das sollte mich überzeugen. Ich wüßte nicht, was ich mit ihr gemacht hätte. Ich wüßte wirklich nicht, wozu ich imstande gewesen wäre – Ektoplasma?

DIE ANDEREN Wie?

DER VÖLLIG UNBEKANNTE Ektoplasma? Sagt Ihnen nichts?

DIE ANDEREN Nein.

DER VÖLLIG UNBEKANNTE Na gut. Dann wissen Sie wirklich nicht, wer ich bin.

DIE UNGEDULDIGE Sie sehen mir aus wie einer, der als Junge immer die Taschen voller Krimskrams hatte. Bindfäden, Messer, Spielmarken, Radiergummi, Mäusefalle, Schmirgelpapier, Zündplättchen, Lupe, Glasklicker, Kompaß …

DER VÖLLIG UNBEKANNTE *unterbricht und bedroht sie.* Schweigen Sie! Die Sache ist zu ernst, als daß sie Ihre Scherze vertragen könnte. Ich verbitte mir Ihr Augenzwinkern. Was fällt Ihnen ein? Unverschämtheit! Noch ein einziges Wort, und Sie sollen mich kennenlernen!

DIE UNGEDULDIGE Nein! Nicht! Hier… nehmen Sie! *Sie streift Ringe und Armreifen ab, läßt weiteren Schmuck aus ihrem Ärmel fallen.* Nehmen Sie, bitte! Nehmen Sie alles! Ich habe genug davon!

Der völlig Unbekannte hebt den Schmuck auf und steckt ihn ein. Dann nimmt er die Schlaffrau und trägt sie aus dem Raum.

JULIUS So. Nun ist sie wieder weg. Plötzlich. Genau wie damals. Tempo der Türen. Nichts sonst. Auf zu. Auf zu. Man verklappt Leben. Das war's dann aber auch.

DIE UNGEDULDIGE *setzt sich in den leeren Sessel; wendet sich zu Olaf.* Hast du so ein Tuch?

OLAF Nein.

DIE UNGEDULDIGE So ein kleines Tuch?

OLAF Nein.

Die Ungeduldige Mit dem ich mir die Stirn abtupfen kann.

Olaf Nein.

Die Ungeduldige Es ist sehr warm oder so.

Olaf Nein.

Julius Der einzige Gast, den ich wirklich fürchte, ist der sattsam bekannte Rückkehrgast. Eine gute Stunde nach Auflösung der Abendgesellschaft steht er wieder vor der Tür, wenn bereits alles aufgeräumt ist, setzt sich wieder an den Tisch mit zitternder Hand, um mit irgend etwas von vorn zu beginnen, als sei er gar nicht fort gewesen. Um auf irgendeine unerträgliche Belanglosigkeit noch einmal zu sprechen zu kommen. Todmüde trägst du die Obstschale wieder herein, die Käseplatte, die halbausgetrunkene Rotweinflasche …

Die Ungeduldige Sie haben alle ihr Einwegfeuerzeug auf den Fensterbänken liegengelassen. Sie kommen bestimmt nicht wieder.

Der Mann ohne Uhr stellt sich neben Marie Steuber, die aus dem Fenster blickt.

Marie Steuber Ein alter Mann steckt Reklamezettel an die Windschutzscheiben der parkenden Autos. Gleich rutscht er aus und fällt auf die Rinnsteinkante. Mit blutiger Schnauze wird ihn die Ambulanz abtransportieren. Der Hüftkranke schleppt sich in den Pornoshop. Der Rollstuhlfahrer läßt sich hineintragen. Nicht der Schatten einer Lüsternheit liegt auf ihren Gesichtern. Verdrossen gehen sie hinein und wie aus der Sparkasse mit käsiger Erledigungsgleichgültigkeit kommen sie wieder heraus, tragen ihre Filmkassetten in kleinen braunen Plastiktüten davon. Sie blicken keinem Frauenhintern nach auf der Straße, sie blicken nur unter sich, bis sie wieder zu Hause sind.

Die Krankenwagen-Sirene nähert sich.

Siehst du, wie eilig sie gehen dort unten? Wie ungleich die Schritte! Das freie Gelaufe, die Hin-und-Her-Karawane der Städter, das wilde Umher mit Auftrag und Ziel, dabei ist es nichts als die Unruhe aller vor dem heftigen Stehenbleiben aller auf einmal. Im herrischsten Schreiter erkenne ich den säumigen Schlurfer. Im geschäftigsten Mann das Inbild des lungernden. In jedem Schreihals den lauschenden Toten.

DER MANN OHNE UHR Ich frage dich: Was haben wir bloß voneinander gewollt? Wir haben doch irgendwann einmal etwas Bestimmtes voneinander gewollt? Was war es nur?

MARIE STEUBER Ich kann mich wohl erinnern. Du hattest damals das Bedürfnis, sofort mit mir zu schlafen. Und zwar auf der Stelle. Wir wußten nicht, wo. Wir liefen in einen Hauseingang. Im Flur kam uns ein alter Mann entgegen, der uns sogleich zu seiner Führung mitnahm. Denn im Hinterhof verbarg sich ein kleines Barockpalais mit vielen historischen Kostbarkeiten. Und unsere Begierde verlief sich in Geschichtsbetrachtung.

DER MANN OHNE UHR Ich glaube, du irrst dich. Wir haben niemals miteinander geschlafen.

MARIE STEUBER Wir kamen nicht dazu, es ist wahr, weil wir seitdem durch die Geschichte irrten.

Sie gehen kurz darauf gemeinsam durch die rechte Tür ab.

JULIUS Ich hätte öfter in die Nächte hinaus sollen. Ich habe mich nicht oft genug gehenlassen. Ich hätte mich öfter restlos verausgaben müssen. Ich hätte tausendmal mehr enttäuscht werden müssen. Ich bin, wie Swift sagt, für eine Million Enttäuschungen geboren worden. Und wie viele habe ich erlebt? Nicht einmal ein rundes Dutzend. Vorsichtiger bin ich geworden. Das ist aber auch alles. Aber was ist es? Sein Leben bis an die äußerste Grenze der Vorsicht zu führen? Man wird eines Tages keinen Regentropfen mehr fallen hören, ohne sich an den Kopf zu greifen vor roher Wehrlosigkeit.

Aus der rechten Tür tritt im Sommerkleid die Schlaffrau. Sie stellt sich neben Julius ans Fenster.

SCHLAFFRAU Glaubtest du, es gäbe mich nicht mehr?

JULIUS Wo kommst du her?

SCHLAFFRAU Ich bin schon lange um dich gewesen. Du hast mich jedoch nicht bemerkt.

JULIUS Dinah: Wie hast du den langen Weg zurück gefunden?

SCHLAFFRAU Von großen Ballsälen träumend, durch die der Sommerwind der Nacht –

JULIUS *unterbricht sie.* Ja, sicher, ja.

Man fand meine Adresse in deinem Brustbeutel. Weshalb wolltest du noch einmal zu mir?

SCHLAFFRAU Ich erinnere mich nicht. Ich weiß es nicht mehr.

JULIUS Du mußt doch irgend etwas von uns gewollt haben?

SCHLAFFRAU Von dir.

JULIUS Wir sind jetzt zu zweit.

SCHLAFFRAU Ich weiß nicht. Vielleicht lebte ich die letzten Jahre in diesem Hotel, das vergangene Nacht niederbrannte, und hatte deine Adresse für den Notfall immer bei mir.

JULIUS Hast du das Feuer gelegt, Dinah?

SCHLAFFRAU Ich habe mir darüber noch keine Gedanken gemacht, Julius.

JULIUS Wir, Olaf und ich, zerbrechen uns den Kopf darüber, wie die Geschichte zusammenhängen könnte.

SCHLAFFRAU Ich glaube, ich kann euch da am allerwenigsten weiterhelfen.

JULIUS Du schläfst nicht mehr?

SCHLAFFRAU Nein. Jetzt schlafe ich nicht mehr.

JULIUS Gar nicht mehr? Wie lange hältst du das aus?

SCHLAFFRAU Wie soll ich das wissen? Was weiß ich, was ich da mitmache.

JULIUS Du bist wieder da, ich sehe dich wieder, du zerstörst jede Erinnerung an dich. Du, ein Pfeiler meiner Vergangenheit – all das Jugendlich-Furchtbare überstanden! und nun kommst du und reißt mir auch diesen Pfeiler weg.

SCHLAFFRAU Nicht gehalten hat der Bruch. Seine Ränder wuchsen über die Jahre zusammen. Und es heilte der Bruch.

DIE UNGEDULDIGE Irgendeine Katze, die ich vor Jahren einmal kennenlernte in den Sommerferien auf Fehmarn, lag kürzlich vor meiner Haustür und miaute. Das ist doch höchst unwahrscheinlich, daß eine Katze nach fünf Jahren auf deine Spur kommt und – von einer Insel! – den Weg zu dir findet. Vollkommen unwahrscheinlich. Ist aber passiert. Bis heute habe ich nicht herausgefunden, was ihr an mir so großen Eindruck gemacht hat. Irgend etwas Besonderes muß es schließlich gewesen sein, das sie zu einer solch außerordentlichen, die Gesetze der Art überspringenden Leistung antrieb.

SCHLAFFRAU *weiter zu Julius* Ich glaube noch heute, du hast dich nur versprochen damals. Du hast nur aus Versehen ›Adieu‹ gesagt. Du hättest genausogut ›Bleib!‹ oder ›Nimm mich!‹ sagen können. Du suchtest nach einem kurzen endgültigen Wort. Du hast dich bloß vergriffen.

DIE UNGEDULDIGE *geht zur Schlaffrau, schlägt ihr die Hand auf die Schulter.* Du Sonntagskind! Du Glücksbär! Du Goldkäfer! *Sie bricht ab.* Jaja, ich weiß. Es sind diese groben Sachen, mit denen ich mich unmöglich mache. Aber was soll's? Das ist nun mal meine Frohnatur. Das hättest du dir früher überlegen müssen.

SCHLAFFRAU Was wollen Sie von mir?

DIE UNGEDULDIGE Kannst du nicht du sagen?

SCHLAFFRAU Ich denke nicht daran.

DIE UNGEDULDIGE Dann kann ich ja gehen.

SCHLAFFRAU Gern.

DIE UNGEDULDIGE Das käme Ihnen gerade recht, wie? Dann könnten Sie hier aufrücken. Den Gefallen tue ich Ihnen nicht. Jeder bleibt an seinem Platz. Hübsch eng, wie?

SCHLAFFRAU Wer sind Sie überhaupt?

DIE UNGEDULDIGE Womit wir beim Thema wären. Wer bin ich? Ich denke, Sie sind die einzige, die mir helfen könnte, auf diese Frage eine befriedigende Antwort zu finden.

SCHLAFFRAU Verschonen Sie mich.

DIE UNGEDULDIGE Sie wissen nicht, weshalb Sie mich nicht mögen. Aber Sie haben recht, es zu tun. Ich könnte Ihnen Ihre Gründe verraten, aber, nun ja, es wird Sie vermutlich nicht interessieren.

OLAF Ich ziehe mich frühmorgens an, ich koche Kaffee,

ich gieße die Blumen, ich kaufe ein, ich koche ein zweites Mal Kaffee und ziehe mich wieder aus. Ich bin gleichgültig, ohne jeden Mut, ohne jede Absicht, ohne jede Lebensart. Ohne eigentlich der Typ des Gleichgültigen zu sein. Oder etwa eine neue Hervorbringung der ewigen Gleichgültigkeit. Ich bin weder ein Zu-Früh-, noch ein Spätgeborener der unersättlichen, immergleichen Gleichgültigkeit, der Siegerin über Erde und Himmel, die keinen anderen Helden neben sich duldet. Ich weiß alles über die Geschichte der Gleichgültigkeit, ich bin ihr bester Kenner und Erforscher und doch unterscheide ich selbst mich in nichts, mit keiner Faser meines Wesens von den tausenden und abertausend Gleichgültigen, die es je gab und die es immer geben wird. Abends, wenn ich meine Hose in den Spanner klemme, denke ich mitunter: Es könnte wohl der Tag kommen, da diese rätselhafte Ordnung des Häuslichen, für die ich allein die Verantwortung trage, heillos in sich zusammenbräche. Das ganze große säuberliche Wohnen, dieser Kosmos des Sich-Bekleidens, Toilettemachens und insbesondere des Verschließens von Schränken könnte plötzlich einstürzen... Sie hockt ja schon gebuckelt unter dem Teppich, die grenzenlos wühlende, unverschämte, die absolute Nachlässigkeit, und das Offenstehen von Schränken breitet zuweilen schon seine schwarzen Flügel aus. Ein Schock zuviel, den ich erlitte, nur eine lieblose Begegnung noch, und ich lasse es sein; die Hände versagen den Dienst, die Sinne alarmiert kein schlechter Geruch, kein bekleckerter Sesselbezug mehr. Das alles interessiert nicht mehr. Es möge über mich kommen. Meinetwegen steige Müll und Verwesung an mir empor, Zeitung und Asche, und Blindheit ziehe durch verdreckte Fensterscheiben ein, und an den Kleiderhaken mögen trockene Reste von belegten Broten hängen!

JULIUS Es hat dich niemand gefragt, wer du bist, Olaf. Es hat dich niemand gefragt!

OLAF Nein? Ach. Ich dächte, ich hätte so was gehört... Was?! Es hat mich niemand gefragt?! Ja ist denn das die Möglichkeit?! Warum unterbricht mich denn niemand! Warum sagt denn keiner was? Ja Menschenskind! Ich mach mir die Mühe, ich gehe aus mir heraus – das gibt es doch gar nicht!

JULIUS Alles, was er über seine Gleichgültigkeit sagte, könnte er auch über seine Dünnhäutigkeit gesagt haben.

Durch die rechte Tür kommen Marie Steuber und Der Mann ohne Uhr zurück.

DIE UNGEDULDIGE Oh! Sieh da. Zurück aus der Geschichte? Habt ihr euren Geschichtsausflug beendet? Seid ihr wieder am Nullpunkt der Geschichte angekommen? Ein großartiger Mann, wie?!

MARIE STEUBER Ein großartiger Mann, ja.

DIE UNGEDULDIGE Ein großartiger Kopf!

MARIE STEUBER Auch, ja.

DIE UNGEDULDIGE Aber finden Sie nicht, daß er ein bißchen ein Hochstapler ist?

MARIE STEUBER Doch. Stört aber nicht weiter.

DIE UNGEDULDIGE Nein, stört nicht weiter. Stimmt schon.
Soll er doch tun, was ihm gefällt. Ich will bloß alt werden mit ihm.

Marie Steuber lehnt sich an die Säule. Die Ungeduldige geht zu ihr.

DIE UNGEDULDIGE Ich war entsetzt, als ich Sie eben

wiedersah. Als Sie zur Tür hereinkamen. Ich dachte: Wie schroff sind die Gesichtszüge dieser Frau geworden, wie äußerst kalt und berechnend, wie tief die Kerben um ihren Mund und die Nasenflügel. Marie! Wo ist dein liebes, frohes Gesicht geblieben? Die naive Freude, die Neugier, die unnützen Sorgen, die Lüsternheit, die Wärme, die ganze Fülle deiner unsäglich liebenswürdigen Schwächen? Alles an dir ist so hart geworden. So bewußt und geplagt siehst du aus. Und so schrecklich mager bist du geworden! Ich hätte weinen können. Es ist, als hätte eine indische Göttin ihr Lächeln verloren, die Weisheit der Liebe ...

Marie Steuber ist in der Säule verschwunden. Man hört, wie in der Wohnungstür ein Schlüssel gedreht wird.

JULIUS Psst! Still! ...

Alle hören auf die Tür und fragen gegenseitig ihre Namen ab.

JULIUS Olaf?

OLAF Ja?

SCHLAFFRAU Ansgar?

DER MANN OHNE UHR Ja?

DIE UNGEDULDIGE Julius?

JULIUS Ja?

DER MANN OHNE UHR Sabine?

DIE UNGEDULDIGE Ja?

OLAF Dinah?

SCHLAFFRAU Ja?

Alle blicken sich um und fragen leise: ›Marie?‹. Durch die geöffnete Wohnungstür werden Koffer und Reisetaschen geschoben.

Dunkel

II

1

Das Zimmer. In der linken Ecke ein kleiner Haufen Einwegfeuerzeuge. Die Wohnungstür wird aufgeschlossen, Gepäckstücke werden ins Zimmer geschoben. Marie Steuber und Frank Arnold treten ein.

FRANK ARNOLD Kommen Sie herein. Legen Sie ab. Nehmen Sie Platz. Darf ich Ihnen etwas zu trinken anbieten? Was möchten Sie? Einen Schluck Whisky, Wein, Kaffee?

MARIE STEUBER Einen Schluck Wein, sehr gern.

FRANK ARNOLD Hatten Sie insgesamt eine gute Reise?

MARIE STEUBER Ja, sehr gut.

FRANK ARNOLD Wollen Sie erst ein wenig ausruhen? Oder möchten Sie einen kleinen Bummel durch die Stadt machen?

MARIE STEUBER Ja, sehr gern.

FRANK ARNOLD Es ist schon etwas spät. Die Geschäfte schließen gleich. Vielleicht warten wir besser bis morgen früh. Sie könnten sich ein wenig erfrischen, und dann in ein, zwei Stunden fahren wir hinauf zum Kastell, dort gibt es ein gutes Restaurant, man hat einen herrlichen Blick über die Stadt. Wenn es Ihnen recht ist, werden wir dort zu Abend essen.

MARIE STEUBER Ja, sehr gern.

FRANK ARNOLD Trinken wir einen Schluck. Zum Wohl. Herzlich willkommen!

MARIE STEUBER Vielen Dank. Ich freue mich sehr…

FRANK ARNOLD Ich bin sehr erleichtert, daß Sie endlich hier sind. Ich hatte schon damit gerechnet, Sie nicht mehr anzutreffen auf dem Flughafen, nachdem ich mich derart verspätet hatte.

MARIE STEUBER Ja, ich bin auch sehr froh, daß alles geklappt hat. Die Abreise mußte mehrere Male verschoben werden. Es ist mir zuviel dazwischengekommen. Jetzt habe ich endlich alles hinter mir, glücklicherweise, und kann mich auf meine neue Umgebung einstellen.

FRANK ARNOLD Ich hoffe, Sie müssen es nicht bereuen, daß Sie hierhergekommen sind. Sie werden hier viel Ruhe finden. Wir haben genügend Platz. Sie können es sich überall bequem machen. Der einzige, der Ihnen lästig werden könnte, bin schließlich ich.

MARIE STEUBER Sie können mir nicht lästig werden. Ihretwegen bin ich ja hergekommen.

FRANK ARNOLD Könnten Sie sich denn vorstellen, daß Sie sich hier wohlfühlen?

MARIE STEUBER Ja, doch, bestimmt.

FRANK ARNOLD Ich bin ein bißchen ungeduldig, zuweilen. Daran müssen Sie sich erst gewöhnen. Sie sind sehr – wie soll ich sagen – sehr freundlich. Sie machen jedenfalls den Eindruck.

MARIE STEUBER Mir macht es nichts. Ich gewöhne mich schnell an einen Menschen. Meine Schwächen liegen anderswo.

FRANK ARNOLD Nehmen Sie noch einen Schluck?

MARIE STEUBER Ja, sehr gern.

FRANK ARNOLD Es wird ja vielleicht nicht ganz einfach werden. Ich meine, Sie sind eine sehr schöne Frau, und ich bin nicht aus Holz.

MARIE STEUBER Ja, das ist auch gut so.

Frank Arnold Sie fürchten nicht, daß es Komplikationen geben könnte?

Marie Steuber Nein. Was sollte denn kompliziert sein?

Frank Arnold Sie stellen Fragen! ... Ich könnte Ihnen ja auch gleich mein Schlafzimmer anbieten. Es ist etwas größer und komfortabler, wie?

Marie Steuber Ja, sehr gern.

Frank Arnold Das sagen Sie so, ohne mich zu kennen?

Marie Steuber Darüber habe ich noch nicht nachdenken können.

Frank Arnold Sie sind also hergekommen und wollen – Sie wollen es selbst?

Marie Steuber Ich dachte nicht daran. Aber jetzt, wo ich hier bin und alles andere, all das Schreckliche, hinter mir liegt, habe ich den Kopf frei für etwas Neues.

Frank Arnold Ich bin jetzt an dem Punkt, wo es für mich ziemlich aufregend wird ...

Marie Steuber Sie wissen, daß Sie nicht ganz gesund aussehen?

Frank Arnold Ich? Nein ...

Marie Steuber Ich sag's nur vorher, damit es später nicht heißt, ich hätte Ihnen etwas verheimlicht.

Frank Arnold Meinen Sie – dieses Gesicht? Diese brüchige alte Maske ... dieses Unglück ... sehen Sie's?

Marie Steuber Ja, alles sehr gern.

Frank Arnold Kommen Sie ...

Sie gehen mit dem Gepäck nach rechts in das nächste Zimmer. Noch ehe die Tür ganz geschlossen ist, wird sie wieder aufgestoßen, und Marie Steuber kommt mit Rudolf (Der Mann im Wintermantel des I. Akts) ins Zimmer...

MARIE STEUBER *steht mit dem Rücken gegen die Wand.* Recht! Recht! Recht! Medea hat recht!

RUDOLF Du hast keinen Grund, dich auf Medea zu berufen. Wir haben keine Kinder, ich habe dich nicht um einer Kreusa willen, einer Königstochter, verlassen, und doch, scheint mir, steigerst du dich hinein in dieses Ungeheuer.

MARIE STEUBER Sie ist kein Ungeheuer. Sie leidet sich kaputt.

RUDOLF Tust du das etwa auch?

MARIE STEUBER Medea ist ganz einfach. Ganz kreatürlich. Ganz ursprünglich. Und ihre Umwelt ist verdorben.

RUDOLF Das gibt ihr noch lange nicht das Recht, ihre eigenen Kinder zu opfern!

MARIE STEUBER Das gibt ihr nicht das Recht? Was weißt denn du?! Das gibt ihr nicht das Recht! Aber natürlich! Sie liebt den Jason, er ist ihr mehr als alles auf der Welt. Was haben sie nicht alles durchgemacht und gemeinsam erlitten, die beiden! Und wie gemein hat er sie dann betrogen.

RUDOLF Wo ist die Parallele? Ich frage dich: Wo ist die Parallele zwischen dir und mir einerseits, zwischen Medea und Jason andererseits, wo, bitte? Es fängt doch langsam an fürchterlich zu werden, wie dir diese Dichtung zu Kopf steigt. Du hast noch niemals etwas gelesen. Du kennst nur diese Medea, das ist das einzige, was du überhaupt je gelesen hast.

MARIE STEUBER Ich brauche nichts anderes zu lesen.

RUDOLF Lies doch Anna Karenina oder die Kameliendame oder sonst irgendein rührendes Frauenschicksal.

MARIE STEUBER Medea versucht ja alles zu tun, um das Unglück abzuwenden. Aber Jason hört nicht auf sie.

RUDOLF Wie soll er denn auf sie hören? Sie sind mitten in einer Tragödie! Da ist gar nichts zu machen. Wir befinden uns dagegen keineswegs in einer Tragödie. In unserem Leben gibt es keinen Raum für Medea. Es gibt für sie keinen Platz, verstehst du?

MARIE STEUBER Medea begeht die größte Liebestat, die je eine Frau begangen hat.

RUDOLF Aus Eifersucht, aus purer Selbstsucht. Mord- und Vernichtungssucht. Das nennst du Größe?

MARIE STEUBER Du bist nämlich noch viel kleiner als Jason. Wie kannst du so etwas sagen? Wie kommst du darauf?

RUDOLF Ich weiß nicht, ich hatte es so in Erinnerung. Ich glaube nicht, daß ich mich täusche.

MARIE STEUBER Das Drama zeigt –

RUDOLF Du solltest Literaturunterricht nehmen. Damit du lernst, wie man ein Drama liest. Es ist offensichtlich gefährlich ein Drama zu lesen, eine Tragödie, wenn man nicht richtig damit umgehen kann. In einem Drama haben immer zwei Leute recht, sonst wäre es keins. Das haben wir alle auf der Schule gelernt.

MARIE STEUBER Ich möchte wissen, wo Jason recht hat, bitte?
Wo hat er recht? Ausrotten, zerstören, verbrennen, schlachten, Blut, Blut! Wenn er doch ein Verräter ist!

RUDOLF Ich bin anderer Meinung –

MARIE STEUBER Meinung? Keine Meinung! Es geht um das Gefühl, das unendlich große, so königlich, so königlich, stolz und schwarz und fremd und ALLES!

RUDOLF Du bist eine fanatische Anhängerin dieser Medea aus Kolchis.

MARIE STEUBER Ja. Das bin ich. Das bin ich.

RUDOLF Gut. Es gibt religiöse Fanatiker, politische Fanatiker, Sportfanatiker etcetera. Alle Fanatiker sind für mich Idioten. Das sag ich dir ganz deutlich.

MARIE STEUBER Auch wenn dich jemand fanatisch liebt?

RUDOLF Fanatisch braucht mich niemand zu lieben, das verlange ich gar nicht.

MARIE STEUBER Das ist es eben, was Medea nicht versteht. Diese Haltung versteht sie nicht. Unmöglich. Aus. Tod und Feuer.

RUDOLF Ich werde dir das Buch fortnehmen. Weg mit der Tragödie. Ich schmeiße sie auf die Straße.

MARIE STEUBER Du scheinst nicht zu begreifen, daß Medea da ist. Daß sie ihr Recht fordert. Daß wir nicht einfach so tun können, als gäbe es sie nicht. Wage nicht, sie zu verstoßen. Spiel nicht mit dem Gedanken. Sei klüger als Jason.

3

Marie Steuber lehnt an der Säule und blickt zum Fenster hinaus.

MARIE STEUBER Ich wohne inmitten der Stadt und mitten im tosenden Verkehr umgeben mich die großen stillen Räume, in denen niemand zuhaus ist. Nicht einmal mein Brot, mein Tisch, mein Radio, meine Zuckerdose. Wir alle sind hier lediglich vergessen worden. Stehen- und liegengelassen. Nicht aufgeräumt. Hals über Kopf Vermachtes, das sind wir, mein Zeug und ich. Ich wohne: Ich teile die unendliche Passivität meines Tischs. Meiner Zuckerdose, meines Radios. Ich höre, ich weile.

DIE SÄULE Jahr um Jahr tiefer und tiefer. Um soviel wie die Glücklichen wachsen.

MARIE STEUBER Du redest? Wie kannst du reden?

DIE SÄULE Alles spricht. So auch ich.

MARIE STEUBER Sprich nicht!

DIE SÄULE Wenn man so lange schwieg, findet man nicht gleich die passenden Worte.

MARIE STEUBER Keine passenden – gar keine Worte! Sprich nicht!
Du bist meine Zuflucht. Deine Stille suche ich. Du bist das Ding, an dem ich lehne, wenn mich alle Kräfte verlassen haben. Vertreib mich nicht mit Sprecherei!

DIE SÄULE Zu spät ...

MARIE STEUBER Du hast die Jahre nur geschwiegen? Du schwiegst?

DIE SÄULE Ja.

MARIE STEUBER Du hättest immer eine Antwort gehabt – und schwiegst? So war alles nur Schweigen und niemals Dingruhe – letzte Stille?
DIE SÄULE Ich die Säule der Pfahl. Männlich weiblich. Schmerzlich. Ich habe es versucht. Ich fand den Ton. Ich war in den Worten. Es war die Hölle.
MARIE STEUBER Viel Unglück weißt du von mir. Aber jetzt ist ein Unheil geschehen.
DIE SÄULE Verzeih mir, Mensch. Ich bin aus dem Herzen der Dinge verstoßen.
MARIE STEUBER Jahr um Jahr tiefer und tiefer, um soviel wie die Glücklichen wachsen.

4

Der Mann ohne Uhr – Ansgar – zu Gast bei Marie Steuber. Sie sitzen beim Abendessen.

ANSGAR Du bist so schön, hast blonde Haare, nett gekräuselt, und lädst einen Mann zum Essen ein, potthäßlich, dicke Brillengläser, schwitzt, klebt, stinkt, Hypochonder, Ekelproppen, und du lachst dauernd auf mich ein, legst mir sogar ein Geschenk unter die Serviette.
MARIE STEUBER Ja, das ist ein kleines Geschenk für dich. Zur Erinnerung an unseren Kennenlernenstag vorige Woche.
ANSGAR Danke. *Er legt das Geschenk unausgepackt beiseite.*

Also. Was hat das alles zu bedeuten? Willst du den Job? Dann sag es klar heraus.

MARIE STEUBER Welchen Job?

ANSGAR Willst du den Job oder was willst du?

MARIE STEUBER Ich weiß nicht, von welchem Job du redest. Ich brauch keinen Job, ich hab keinen, aber ich brauch auch keinen. Ich mach dir ein Geschenk, ich ruf dich an, weil ich dauernd dran denken muß, vorige Woche, als wir auf der Messe solange miteinander geredet haben. Ich habe mich verliebt, wenn du so willst, ja. Ich weiß nicht, was du hast. Wenn ich dir lästig bin, dann sag es doch. Ich versuch dich zu erreichen, verstehst du, ich halt's kaum aus oder wie soll ich sagen, und du läßt dich verleugnen in deinem Chefzimmer, zuhause darf ich sowieso nicht anrufen, was soll ich denn tun, ich verstehe dich nicht.

ANSGAR Einkäuferinnen gibt es wie Sand am Meer. Du mußt doch über mich irgend etwas Bestimmtes anpeilen. Du mußt doch genau wissen, was du willst. Es ist doch absurd, einen so miesen Typen wie mich ohne weiteres zum Essen einzuladen, das kannst du mir nicht erzählen, absurd.

MARIE STEUBER Es ist absurd, weißt du, was absurd ist, es ist absurd: Wenn ein Mann wie du sagt, er sei häßlich, mies und was weiß ich noch alles.

ANSGAR Brillenträger. Das wirst du ja nicht leugnen.

MARIE STEUBER Absurd! Ich verlieb mich in dich, ich werd' schon wissen, warum.

ANSGAR Eben.

MARIE STEUBER Mach das Geschenk auf.

ANSGAR Nimm nicht so große Bissen. Ich kann Frauen sowieso nicht essen sehen.

MARIE STEUBER Ausgezogen bis auf die Haut.

ANSGAR Wieso? Du?

MARIE STEUBER Ach, na ja.

ANSGAR Also, um die Sache kurz zu machen: Der Job, auf den du scharf bist, ist längst weg.

MARIE STEUBER Der Job ist mir scheißegal. Interessiert mich einen Scheißdreck, dein Job. Ich will dich. *Sie lacht.*

ANSGAR *nach einer Pause* Man frißt nur, um kräftig zu stinken.

MARIE STEUBER Wenn du meinst.

ANSGAR Du bist wohl verrückt geworden?

MARIE STEUBER *über das Glas, das sie mit den Fingern am Rand hält, den Hals vorstreckend* Ich liebe dich. Ja. Ich liebe dich.

ANSGAR Na gut. Ich finde dich schön. Du hast das Babygesicht und den Balkon von solchen Nutten, die ich mag. Na gut. Ich finde dich schön. Aber das ist auch alles.

MARIE STEUBER Mach doch, was du willst. Mach doch, was du willst mit mir.

ANSGAR Hör zu, wenn ich dir den Job verschaffe, ist es sowieso aus mit uns. Ich mache mich strafbar.

MARIE STEUBER Hör auf. Laß es. Wir sind jetzt längst soweit, du und ich, daß sowieso alles Wahnsinn ist. Hast du überhaupt mal darüber nachgedacht, was passieren würde, wenn wir jetzt noch etwas trinken und es uns drüben ein bißchen gemütlich machen oder so?

ANSGAR Ich habe darüber nachgedacht. Kurz bevor ich herkam.

MARIE STEUBER Und?

ANSGAR Ich würde dich verprügeln. Wenn du mich bis dahin brächtest, würde ich dich einfach nur noch verprügeln.

Marie Steuber Ich weiß nicht, wie ich das finden soll, aber ich finde das eigentlich auch ganz aufregend –

Ansgar Halt die Klappe! Wer bist du? Wie kann sich ein Mensch so erniedrigen! Du bist nicht einfach eine Falle, eine Frau, tu nicht so, du bist ein Mensch. Hör auf mit deinen dummen Sprüchen. Nimm Haltung an. Schmeiß mich raus. Sei stolz. Du ekelst mich.

Marie Steuber Wie du meinst. Du wirst noch auf mich warten.

Ansgar Na, bleib. Bleib sitzen. Du bist ein armes Luder. Laß uns irgendwie ein gutes Wort füreinander finden.

Marie Steuber Ich denke nicht daran.

Ansgar Ich brauche nur mit dem Finger schnippen, und du denkst rabiat daran.

Marie Steuber Bitte. Mach doch.

Ansgar Noch was.

Marie Steuber Du bist doch längst soweit, daß du nicht mehr anders kannst.

Ansgar Trinken wir diesen verdammten Grappa, wenn's sein muß, und ich verschwinde hier.

Marie Steuber *schlägt mit der flachen Hand auf den Tisch.*

Nein!

Ansgar Es gibt den Job nicht mehr! Hörst du? Er ist vergeben!

Marie Steuber *hohl* An wen denn?

Ansgar Irgendeine Bewerberin. Was weiß ich. Ich kümmere mich nicht weiter darum.

Marie Steuber *trampelt mit den Füßen.* Das interessiert mich nicht! Das interessiert mich alles nicht!

Ansgar Ruhig, ruhig. Stell dir bitte vor, du hast mich

hart beschäftigt. Ich gehe mit einer kleinen Spur von Hoffnung in so einen Abend. Ich werde, natürlich, enttäuscht –

MARIE STEUBER Aber ich enttäusche dich nicht!

ANSGAR *lächelt.* Weißt du, ich bin häßlich, ich bin so unbeschreiblich häßlich, es fällt mir ganz leicht zu sehen, ob sich jemand für mich interessiert oder nur für diese kleine lächerliche Macht in meiner Hand.

MARIE STEUBER Du bist es nicht, du bist es nicht …

ANSGAR Häßlich? Oder mächtig?

MARIE STEUBER Weder noch. Weder noch. Ich kann nicht mehr. Ich kann jetzt nicht mehr.

ANSGAR He! Mädchen … Wie heißt du noch, wie heißt du?

MARIE STEUBER Marie Steuber.

ANSGAR He, Marie Steuber, nicht schlappmachen. Komm her. Nicht schlappmachen. Ich will hier nicht den Onkel Doktor spielen. Ich will mich mit dir unterhalten.

MARIE STEUBER Du brauchst es nicht. Du brauchst es nicht mehr.

ANSGAR Marie Steuber!

MARIE STEUBER Laß uns aufhören. Keinen Grappa mehr. Mir ist schlecht.

ANSGAR Es ist gut. Ich laß dich jetzt allein, Marie.

MARIE STEUBER Marie … Wie schön das klingt. Zum ersten, ersten Mal höre ich meinen Namen!

Ansgar schlägt ihr mit der Serviette ins Gesicht. Marie Steuber fährt erschrocken vom Stuhl auf.

ANSGAR Eines kann ich dir sagen: Du bekommst diesen Job. Du bekommst ihn. Und wenn du dich auf den Kopf stellst. Du bekommst diesen Job. Und sonst nichts!

Marie Steuber Und ich sage dir auch etwas: Du bekommst mich – mich und keine andere!

5

Drei Männer im Vorzimmer einer Chefin: Frank Arnold (Erster Mann); Der völlig Unbekannte (Zweiter Mann); Der Mann im Wintermantel (Dritter Mann).

Erster Mann Daß Sie sich eines Tages bei einer Chefin bewerben würden, wer hätte das gedacht.

Zweiter Mann Sie tun's doch auch.

Erster Mann Ich ja. Aber Sie. Ich habe immer die kleineren Brötchen gebacken.

Dritter Mann *zum Zweiten Mann* Sie hätten ein zweiter Markus Bentheim werden können. Sie hatten das Zeug dazu.

Erster Mann Markus Bentheim? Ein zweiter Jo Packart hätte er werden können. Ein zweiter Dieter Nabel. Ein zweiter Alfred Schneider. Das hätte er werden können.

Zweiter Mann Ich habe mir immer die Sonntage freigehalten. Ich habe meine freien Sonntage für die Familie genutzt. Meine Karriere ist mir nie so wichtig gewesen.

Erster Mann Sie sehen ja, was daraus geworden ist. Mit halber Kraft kommen Sie nicht etwa bloß halb so weit. Mit halber Kraft fallen Sie vollends zurück. Nach unten. Abwärts. Halbe Kraft ist so gut wie Nullkraft.

ZWEITER MANN Ach, hören Sie auf. Haben Sie gestern im Fernsehen den Typ gesehen, der seinen Geburtstagskuchen mit 250 Kerzen mit einem einzigen Atemstoß ausgeblasen hat?

DRITTER MANN Das ist absurd. Niemand braucht so etwas zu können. Kein Mensch feiert seinen 250. Geburtstag.

ZWEITER MANN Sie verstehen es nicht. Es ging um eine Wette. Es geht immer um irgendeine Wette in dieser Sendung.

DRITTER MANN Natürlich. Weiß ich ja. Aber 250 Jahre, 250 Geburtstagskerzen, das ist einfach absurd.

ERSTER MANN Ja, es ist absurd. Meinetwegen. Aber es macht den Leuten Spaß. Das ist die Hauptsache. Abgesehen davon ist es doch auch etwas Großartiges, wenn jemand einen so langen Atem hat.

ZWEITER MANN Sie haben es gar nicht gesehen! Er hatte gar keinen langen Atem. Einen ganz kurzen Stoß hat er getan. Allerdings einen sehr kräftigen. Äußerst kräftig. Stürmisch könnte man sagen. 250 Lebenslichter aus. Vier, fünf Generationen –

DRITTER MANN Das halte ich für sehr unwahrscheinlich.

ERSTER MANN Sie glauben, er hat gemogelt?

ZWEITER MANN Bei dieser Sendung wird doch nicht gemogelt.

ERSTER MANN Sie glauben eben daran. Ihnen kann man inzwischen alles vormachen.

ZWEITER MANN Wenn bei dieser Sendung, die Sie offensichtlich gar nicht kennen –

ERSTER MANN Ich weiß genau, worum es dabei geht –

ZWEITER MANN Wenn bei dieser Sendung gemogelt würde, dann wäre sie in sich vollkommen wertlos. Absurd. Wenn überhaupt nur ein einziges Mal zufällig gemogelt würde, dann bräche die ganze Sendereihe sofort in sich zusammen. Vorbei, wie nie gewesen. Ausgelöscht.

DRITTER MANN Ausgeblasen. Stellen Sie sich vor: In die 250 Kerzen wäre eine unsichtbare elektronische Löschautomatik eingebaut –

ZWEITER MANN Das ist absurd. Was Sie über die Sendung denken, ist einfach absurd.

DIE CHEFIN / MARIE STEUBER *in der Tür lehnend* Ich höre gern noch eine Weile zu, meine Herren.

6

Marie Steuber in ihrer Wohnung kurz vor der Abreise. Gepackte Koffer und Taschen, die sie verschließt. Es schellt an der Wohnungstür. Sie öffnet, Olaf tritt ein, ebenfalls mit Koffer und Reisetasche.

MARIE STEUBER Oh – Sie sind das?

OLAF Ich, ja. Haben Sie nicht mehr mit mir gerechnet?

MARIE STEUBER Doch ... ich dachte nur, es käme ... ein etwas kleinerer Mann. Wolfgang sagte mir – wenn Sie hier wohnen wollen, solange ich fort bin – ich weiß gar nicht, ob Sie in mein Bett passen! ... Sie kommen so spät – ich hatte Sie vor einer Stunde erwartet – ich muß ja selbst gleich los ... Was muß ich Ihnen noch erklären? Schnell. Zuerst die Gasetagenheizung. Kennen Sie sich mit so etwas aus? Gut. Dann, die Blumen gießen, jeden zweiten Tag. Die Zeitung, die Post aus dem Briefkasten nehmen, hier der kleine Schlüssel ... Wie viele Verpflichtungen Sie nun haben! Sie werden sich gar nicht ausruhen können, wie? Sie dürfen hier alles benutzen. Es soll Ihre Wohnung sein für die nächsten drei Monate. Ich hoffe, Sie werden sich wohlfühlen ... Ach, wie gern würde ich in Ruhe mit Ihnen reden. Wir kennen uns überhaupt nicht. Wie schade! Wenn ich wiederkomme, werden Sie längst verschwunden sein. Sie müssen noch beachten, daß der Toaster ein bißchen klemmt, wenn Sie überhaupt toasten möchten ... Ich muß weg. Leben Sie wohl. Leben Sie sich gut ein. Vielleicht denken Sie mal an mich, wenn Sie hier in meiner Wohnung sitzen ...

OLAF Warten Sie! Ich habe Ihnen noch gar nicht gesagt – wie schön Ihre Bilder sind. Es sind doch Ihre Bilder, nicht wahr?

MARIE STEUBER Ja. Gefallen sie Ihnen? Ich bin bloß Sonntagsmalerin. Das ist meine Schwester mit meinem früheren – na ja – Freund.

OLAF Noch etwas: Wie bezahle ich das Telefon?

MARIE STEUBER Das Telefon? Telefonieren Sie viel? Schreiben Sie's doch auf. Oder lassen Sie sich anrufen. Ach, machen Sie doch, was Sie wollen. Rufen Sie Ihre vielen Freundinnen an, fühlen Sie sich ganz wie zu Hause. Nein! Fast hätte ich's vergessen: Sie müssen unbedingt im nächsten Monat den Fensterputzer bestellen. Ich lasse Ihnen Geld da.

OLAF Nein. Bitte! Ich mache das.

MARIE STEUBER Wir rechnen ab!

OLAF Wir werden uns nicht wiedersehen. Ich rechne ab.

MARIE STEUBER Was noch? Was denn noch?

OLAF Ja, was noch, was noch. Ich weiß auch nichts mehr.

Marie Steuber Fällt Ihnen denn gar nichts ein, wonach Sie noch fragen könnten?! Mein Gott! Ich habe den Schrank abgeschlossen – wozu?

Sie geht und schließt alles Verschlossene wieder auf, öffnet die Schranktüren, die Laden des Sekretärs.

Da! ... Da! ... Bitte!

Olaf Warum gehen Sie?

Marie Steuber Ich will nicht. Ich will es wirklich nicht.

Olaf Bleiben Sie. Bleiben Sie hier.

Marie Steuber Nein. Ich muß weg. Ich muß. Adieu.

Olaf *schreit fast.* Der Kellerschlüssel?!

Marie Steuber *jubelt.* Der Kellerschlüssel! Ja, der Kellerschlüssel! Ich weiß nicht, wo er ist. Ich weiß absolut nicht, wo ich ihn hingelegt habe. Wir müssen ihn finden. Suchen wir ihn, suchen wir ihn!

Olaf Brauche ich den überhaupt?

Marie Steuber Natürlich brauchen Sie ihn. Unbedingt brauchen Sie ihn. Sie müssen mein Fahrrad fahren. Es muß dringend gefahren werden, es rostet vor sich hin. *Sie kramt im Schrank.* Hier, das Fotoalbum, das müssen Sie sich einmal ansehen. Nein! Ich muß es vor Ihnen verschließen. Ich geniere mich. Ich geniere mich immer, aber was ist eigentlich dabei, warum nicht. Sie sollen sich doch eine Vorstellung machen von dem Menschen, der hier wohnt, der nicht da ist, solange Sie hier sind. Sehen Sie, das bin ich mit sechzehn auf einer Bergtour... Oh, Sie müssen es sich in Ruhe ansehen. Versprochen? Der Schlüssel ist natürlich nicht im Schrank. Der Schlüssel liegt auf dem Schrank. *Sie steigt auf einen Stuhl.* Hier ist der Kellerschlüssel. Und hier oben sind Briefe. Ein Bündel Briefe. Geheime Briefe. Schlimme, ganz verbotene Briefe. Die dürfen Sie nicht lesen. Die dürfen Sie ganz bestimmt niemals lesen. Versprechen Sie mir das?

Sie legt die Briefe auffällig hinter die Glastür des Schrankoberteils, schließt ab und legt den Schlüssel auf die Anrichte.

Niemals! ... Gut. Nehmen wir an, ich bliebe. Sie kommen nicht zu Ihrer Arbeit. Ich komme nicht fort von hier. Von mir selbst. Nicht raus aus dem immer gleichen Trott.

OLAF Wenn Sie blieben und ich auch, würde alles ganz anders hier. Es würde für Sie genauso neu wie für mich.

MARIE STEUBER Nein. Ich fahre.

OLAF Ich werde mit Ihnen kommen!

MARIE STEUBER Ihre Arbeit.

OLAF Ja. Ich kann nicht. Ich muß hierbleiben.

MARIE STEUBER Warum sind wir bloß so wenig entschlossene Menschen?!

OLAF Es hängt nur an einem Augenblick, in dem sich alles entscheiden kann oder nichts –

Es schellt an der Tür.

MARIE STEUBER Das Taxi! Ich muß runter. Helfen Sie mir, die Koffer tragen ...

OLAF Ich denke nicht daran. Sie bleiben hier.

MARIE STEUBER Nein. Zu spät. Sie hätten mich nehmen können. Einfach in den Arm, und alles wäre anders gekommen.

OLAF Lag es denn nur an mir?

MARIE STEUBER Ich weiß es nicht. Ich war mir auch nicht ganz sicher.

OLAF Ich werde nun immer an Sie denken müssen hier in Ihrer Wohnung.

MARIE STEUBER Ich werde nun immer daran denken, daß Sie in meiner Wohnung sind.

OLAF Unterwegs werden Sie von dem Gedanken schnell abgelenkt. Man reist und vergißt.

MARIE STEUBER Stellen Sie sich vor, ich wäre wirklich hiergeblieben. Wir hätten uns ganz schön verlegen angesehen.

OLAF Es wäre ein großer Entschluß gewesen. Man hätte ihm gerecht werden müssen.

MARIE STEUBER Eben. Plötzlich – für immer.

OLAF Und jetzt? Was ist jetzt?

MARIE STEUBER Jetzt müssen Sie nur auf meine Waschmaschine aufpassen. Ich habe keine Hausratsversicherung. Stellen Sie mir kein Unheil an. Und wenn Sie wieder gehen – wenn Sie abfahren, schließen Sie alle Fenster, drehen Sie alle Hähne zu, schalten Sie den Kühlschrank ab, tragen Sie den Müll hinunter, schreiben Sie keinen Brief, ziehen Sie die Bettwäsche ab, lassen Sie kein Geld liegen, löschen Sie alle Lichter, stecken Sie den Schlüssel in den Briefkasten, lassen Sie keine Spur...

Sie hat sich an seine Schulter gelehnt.

Dunkel

7

Olaf im Sessel zum Fenster. Julius kommt zur rechten Tür herein.

JULIUS *reibt sich die Hände.* Was gibt es zu tun?

OLAF Nichts.

Julius setzt sich in den Sessel zum Zimmer.

Julius Ich bin eben wie ich bin. Scheint ja bei dir nicht besonders anzukommen.

Olaf Weißt du, ich kann einfach einen bestimmten Tatendrang, ich kann dein Händereiben angesichts der universellen Leere nur noch schwer ertragen.

Julius Es war deine Idee, du hast mir angeboten, bei dir zu wohnen.

Olaf Ja. Vielleicht war das eben keine besonders gute Idee.

Julius Also man hat das Gefühl: du suchst die Begegnung, du willst den anderen kennenlernen, du interessierst dich ernsthaft für ihn –

Olaf Auf der anderen Seite bin ich auch darauf angewiesen, meine Ruhe zu haben.

Julius Ich möchte nur noch einmal sagen: Ich habe mich dir nicht aufgedrängt –

Olaf Ist ja in Ordnung. Schon gut.

Julius Sitzen bleiben. Nur noch ein bißchen sitzen bleiben ...

Olaf Meine frühere Frau ...

Julius Eine strahlende Erscheinung.

Olaf Das war sie nicht. Konnte sich hin und wieder dazu aufraffen, etwas aus sich zu machen. Ja, stimmt schon. Aber zu schmale Schultern, zu kleines Gesicht, zu dünnes Haar.

Julius Ein sehr gewinnendes Wesen.

Olaf Hatte sie nicht. War eher spröde, fast kühl, möchte ich sagen. Aber mit Schliff; ja, stimmt schon.

Julius Eine lebendige, muntere Person.

Olaf Ein unglücklicher Mensch. Wenn ich sehe, wie Marie sich heute abplagt mit ihrer Unfähigkeit, ihr Leben selbst zu organisieren –

Julius Wie schlimm ist das alles.

Olaf Alles nur halb so schlimm.

Im Nebenzimmer läutet das Telefon.

Julius Gehst du?

Olaf Nein. Geh du.

Julius geht durch die rechte Tür ab. Olaf steht auf, geht zum Fenster.

Olaf Die Weihnachtsbäume liegen im Februar noch am Straßenrand. Eislachen bedecken den Streusand wie ölige Plastikfolien. *Er lächelt.* Die jungen Damen spiegeln sich im Schaufensterglas und bürsten im Vorübergehen rasch ihr Haar...

Er setzt sich in den Sessel zum Zimmer.

Man freut sich immerhin, daß er gleich eine Zigarette anstecken wird, wenn er zur Tür hereinkommt. Es zeigt doch, er ist immer noch ein bißchen aufgeregt. Es zeigt doch, es ist ihm noch nicht alles gänzlich gleichgültig geworden.

Julius kommt zur rechten Tür herein, zündet sich eine Zigarette an, setzt sich in den Sessel zum Fenster.

Olaf Wer war es?

Julius Ansgar.

Olaf Und? Hat er mich grüßen lassen?

Julius Nein. Hat er vergessen.

Olaf Hm. Hat mich nicht einmal grüßen lassen. Bin ich also Luft für ihn.

Julius Nun mußt du nicht gleich wieder trübsinnig werden.

Olaf Warum hat er nicht ein einziges Wörtchen für mich übrig? Er weiß doch, wie sehr ich mich freue über einen kleinen Gruß, ganz nebenbei.

Julius Er hat dich so oft grüßen lassen, und es war dir piepegal.

Olaf Piepegal nie.

Julius Ach doch. Völlig gleichgültig war es dir. Wurscht im Grunde. Du hast nicht einmal darauf reagiert. Und jetzt, das eine Mal, daß er nicht dran denkt, brichst du zusammen.

Olaf Es kommt eben ein bißchen viel auf einmal, weißt du.

Julius Aber so ein Gruß oder nicht, so ein vergessener Gruß, das ist doch kein Schicksalsschlag.

Olaf Das kommt ja wohl ganz darauf an, in welchem seelischen Gleichgewicht oder nicht sich ein Mensch befindet. Ein vergessener Gruß ist unter Umständen das Zünglein an der Waage. Im übrigen hättest du mich vor dieser neuerlichen Belastung bewahren können, indem du mir nämlich nichtsdestotrotz seine Grüße ausgerichtet hättest, obwohl er dir nun einmal keine aufgetragen hatte. Nur um des lieben Friedens willen, verstehst du? Es wäre eine Frage des Feingefühls gewesen. Eine Geste.

Julius So etwas tue ich nie.

Olaf Das ist eben deine Art Aufrichtigkeit, die keine Rücksicht auf den Mitmenschen nimmt. Du nimmst es lieber in Kauf, daß ich eine tiefe Stimmungsniederlage erleide, anstatt mir mit einer kleinen Gefälligkeitslüge darüber hinwegzuhelfen.

Julius Jetzt hast du es mit deinem Herumbohren in der Wunde immerhin soweit gebracht, daß, falls er wieder anruft und dir wirklich Grüße ausrichten läßt, und ich sag's dir dann, du sowieso nicht daran glaubst und mir erklärst, ich kenn dich doch, in deinem abgrundtiefen Mißtrauen, es handle sich wohl nur um eine Gefälligkeitslüge meinerseits, und das ist ja auch so, jetzt wo ich weiß, wie sehr du daran hängst und was du gern hören willst, das bekommst du dann auch von mir zu hören, so ist das nicht, aber ob er dich wirklich hat grüßen lassen oder ob ich dir das nur so sage, das wird nun ein für allemal nicht mehr rauszufinden sein für dich.

OLAF Ja natürlich, das mußte ja kommen. Soweit hast du es immerhin gebracht mit deiner plumpen Aufrichtigkeit.

JULIUS Was heißt ich? Du. Hättest du nicht von der Gefälligkeitslüge gesprochen, hättest du nicht die Gefälligkeitslüge in die Welt gesetzt, dann hätten wir jetzt nicht das geringste Problem mit der verdammten Grüßerei oder Nichtgrüßerei.

OLAF Du könntest schließlich in dem Fall, in dem er mich nicht grüßen läßt und du mir unwahrhaftigerweise dennoch seine Grüße ausrichtest, es mit leicht erhobener Stimme und merklichem Zukneifen des linken Auges tun, damit ich nicht vollkommen darauf reinfalle.

JULIUS Dann stehen wir doch genau wieder da, wo wir am Anfang standen. Was ist denn eine merkliche Lüge, eine Lüge in Gänsefüßchen und mit Augenzwinkern anderes als die nackte Wahrheit, der rohe Sachverhalt?

OLAF Der Sachverhalt ist in diesem Fall gar nicht ausschlaggebend. Es ist viel wichtiger, daß ich spüre, von dir aus geschieht etwas, du gibst dir alle erdenkliche Mühe, mich einerseits zu schonen und mich andererseits im unklaren zu lassen oder vielmehr im klaren darüber, daß du mir nur ein Zeichen gibst, eine kleine Aufmerksamkeit, ein bißchen So-tun-als-Ob, daß es zwischen uns eine gewisse Federung gibt, etwas mehr Spiel, ob er mich nun grüßen läßt oder nicht, das ist mir doch vollkommen gleichgültig in dem Moment, wo ich sehe, dir bedeutet es etwas, ob mir das gleichgültig ist oder nicht, wenn ich das nur annähernd spüre, sind Lüge und Sachverhalt mit nichts aus der Welt geschafft und die ganze Bedrükkung nach einem solchen Anruf, wo ich sowieso nie mehr daran glauben kann, daß er mich grüßen läßt, egal ob du nun zwinkerst oder nicht, völlig Wurscht, diese verdammte Depression wird dadurch ein klein wenig aufgefangen, verstehst du. Das ist alles. Nur darum geht es.

8

Das Zimmer als Vor- oder Durchgangsraum zu Büros, zu denen man durch die rechte Tür gelangt. Im linken geöffneten Fenster steht ein Mann, dem nicht wohl ist, tief durchatmend. Im rechten Fenster Marie Steuber, die ein Gebäck ißt und aus einer Tüte Milch trinkt. Die rechte Tür halboffen. Straßenlärm, Computerpiepsen, Telefonschnurren. Aus der Tür tritt eine Kollegin (Die Ungeduldige).

DIE KOLLEGIN Ich gehe in die Mittagspause, Marie. Könntest du kurz nach eins in der Druckerei anrufen, ob Schmidt und Wolf den Entwurf für den Prospekt geliefert haben?

MARIE STEUBER Ja. Mach ich.

DIE KOLLEGIN Hast du was von Olaf gehört?

MARIE STEUBER Ach der. Ich frag ihn, ob er Ostern mit mir nach Madrid fährt. Er schickt mir ein Videoband, auf dem er einen Flunsch zieht. Das ist alles. Mehr ist von dem nicht zu kriegen.

DIE KOLLEGIN Warum läßt du dir nicht mal wieder die Karten legen?

MARIE STEUBER Ja. Vielleicht.

DIE KOLLEGIN Bis später.

MARIE STEUBER Mahlzeit.

Die Kollegin durch die linke Tür ab. Kurz darauf kommen ein Kunde und Die Chefin (Der Mann im Wintermantel und die Schlaffrau) aus der rechten Tür.

DER KUNDE Bei uns hieß es noch: Die Frau bringt die Kultur ins Haus, der Mann sorgt für die Ökonomie.

DIE CHEFIN Warum nicht mal umgekehrt? Der Mann bringt die Kultur ins Haus, die Frau sorgt für die Ökonomie.

DER KUNDE Weshalb alles auf den Kopf stellen? Wozu?

DIE CHEFIN Ich weiß, die Schuhverkäuferin, das ist Ihr Ideal: sitzt immer brav zu Ihren Füßen und fragt hinauf, ob's paßt.

Zu Marie Steuber Mahlzeit ...

MARIE STEUBER Mahlzeit, Frau Siebwald.

Die beiden durch die linke Tür ab. Fast im gleichen Augenblick tritt Der Grafiker (Der völlig Unbekannte) herein.

DER GRAFIKER *zu Marie Steuber* Ich komme von Schmidt und Wolf. Ist Fräulein Dübbe zu sprechen?

MARIE STEUBER Sie ist eben zu Tisch gegangen.

DER GRAFIKER Ich bringe den Entwurf für den Frühjahrsprospekt.

MARIE STEUBER Ach, er ist noch nicht in der Druckerei? Legen Sie ihn doch bitte drüben auf ihren Schreibtisch.

Der Grafiker nach rechts ab und wieder zurück.

DER GRAFIKER Ich hab's eilig. Sagen Sie ihr, ich rufe später an. Es gibt noch ein paar Fragen –

MARIE STEUBER Wir haben uns einmal kennengelernt.

DER GRAFIKER Ja. Richtig. Wie geht's?

MARIE STEUBER Danke. Und selbst?

DER GRAFIKER Na, geht so. Viel zu tun.

MARIE STEUBER Immer noch?

DER GRAFIKER Immer wieder, ja.
Wann war das gleich?

MARIE STEUBER Das war – warten Sie – das war September 82 im Rathaus.

DER GRAFIKER September 82? Da war ich in den Staaten. Das kann nicht sein.

MARIE STEUBER Ganz sicher? Oder war es 83?

DER GRAFIKER Im Rathaus?

MARIE STEUBER Bei der Siegerehrung nach dem Wettwandern.

DER GRAFIKER Kann ich eigentlich nicht gewesen sein.

MARIE STEUBER Wir kennen uns irgendwoher, ich seh es doch.

DER GRAFIKER Ja. Ich glaube nur, es liegt viel länger zurück.

MARIE STEUBER Vielleicht. Ich glaube es auch inzwischen. Es muß schon sehr lange her sein.

DER GRAFIKER Wie man doch ein Gesicht behält und alles andere vergißt.

MARIE STEUBER Aber komplett.

DER GRAFIKER Ich muß weiter. Schönen Tag noch.

MARIE STEUBER Gleichfalls.

DER GRAFIKER Was hat der Mann dort?

MARIE STEUBER Dem ist schlecht. Jede Stunde kommt er einmal runter aus seinem Büro, um hier ein bißchen frische Luft zu schnappen. Oben haben sie nur Klimaanlage. Man kann die Fenster nicht öffnen.

DER GRAFIKER Kennen Sie ihn?

MARIE STEUBER Nein.

DER GRAFIKER Es sieht aus, als würde er gleich einen Herzanfall bekommen. Vielleicht sollte man den Krankenwagen holen. Man weiß nie, ob man helfen soll oder nicht. Ob man nicht doch zu früh eingreift. Ich geh erst mal lieber nicht an ihm vorbei. Ich seh so was einfach nicht gern. *Er dreht sich zu Marie Steuber um.* Sagen Sie mir, wenn es vorbei ist.

MARIE STEUBER Weißt du, ich glaube, du hast es wirklich vergessen.

DER GRAFIKER Ja. Stimmt. Und du?

MARIE STEUBER Ich auch. Leider. Ich bring's nicht mehr auf die Reihe. Ich zerbrech mir den Kopf.

DER GRAFIKER Es ist einfach zu lange her.

MARIE STEUBER Immerhin haben wir uns reibungslos wiedererkannt.

DER GRAFIKER Auf Anhieb, muß man sagen, doch, erfreulich.

MARIE STEUBER Na ja, erfreulich, was weiß ich, was es damals eigentlich war. Vielleicht war's gar nicht unbedingt erfreulich. Ich weiß es einfach nicht mehr.

DER GRAFIKER Irgendwas in grauer Vorzeit. Aber das Gesicht, das bleibt einem eben.

MARIE STEUBER Du kannst dich umdrehen. Er ist weg. Er hat sich bloß verschnauft.

DER GRAFIKER Ich seh nicht gern, wenn es jemandem übel ist. Mir wird selbst ganz flau dabei.

MARIE STEUBER Ist ja nun vorbei. Geh nur.

DER GRAFIKER Na gut. Also – wenn ich gleich wieder

zur Tür hereinkomme, dann ist mir zu uns was eingefallen.

MARIE STEUBER Gut, gut. Wenn ich gleich hinter dir her renne, dann ist mir auch was eingefallen.

DER GRAFIKER Na dann – bis gleich, hoffe ich.

MARIE STEUBER Hoffst du?

DER GRAFIKER Oder nie.

MARIE STEUBER Wird wohl nichts Besonderes gewesen sein damals. Kann ja nicht.

DER GRAFIKER Würde mich trotzdem interessieren, falls du drauf kommst. Schönen Tag noch.

MARIE STEUBER Gleichfalls.

Dunkel

Sieben Türen

Bagatellen

Manchmal, in Minuten mit Überlänge, scheint das große Huschhusch, unser alltägliches Leben, am Saum des Feuers zu tanzen. Dann sieht man nicht eine Tür, sondern es stehen derer sieben halb offen. Das könnte das wahre Ende bedeuten: die Ausgänge hoffnungslos in der Überzahl! Nicht ein freier Ausgang, sondern eine Serie von gleichen freien Ausgängen, die uns keine Chance lassen, den einzig richtigen Weg einzuschlagen. Angesichts der erbrochenen Geheimnisse – angesichts einer Arena von halb offenen, lockenden Türen ist Sitzenbleiben die beschlossenste Sache der Welt. Denn wenig später löst sich der Trug: es war nur ein tückischer Scherz, den sich der Teufel mit unseren Sinnen erlaubte. Hier ist nicht limbo, hier nicht die mildere Hölle, und der Teufel steckt allein im hinkenden Vergleich.

Die Szenen spielen vor einem Halbrund von Sieben Türen mit Milchglasscheiben in der oberen Füllung.

Der Hausherr

Aus zwei Türen treten zugleich auf Der Vorstandsvorsitzende und Der Mieter.

DER MIETER Sind Sie der Hausherr?
DER VORSTANDSVORSITZENDE Worum geht's?
DER MIETER Sind Sie's?
DER VORSTANDSVORSITZENDE Wir sind hier eine Immobiliengesellschaft, ich bin der Vorstandsvorsitzende.
DER MIETER Sind Sie mein Hausherr?
DER VORSTANDSVORSITZENDE Wo wohnen Sie? Es gibt für jedes unserer Häuser den eigens zuständigen Sachbearbeiter.
DER MIETER Ich werde nicht mit Untergebenen sprechen. Es ist nutzlos, mit Untergebenen zu sprechen.
DER VORSTANDSVORSITZENDE Wenden Sie sich an Ihren Sachbearbeiter.
DER MIETER Sie sind mein Hausherr und nur Ihnen habe ich etwas zu sagen.
DER VORSTANDSVORSITZENDE Ich werde Sie kaum verstehen. Ich bin ungeübt im Mieterverkehr.
DER MIETER Ich wohne aber doch in der Otto-Heinrich-Straße 15!
DER VORSTANDSVORSITZENDE So. Und? Wissen Sie denn nicht, wer für dieses Haus zuständig ist?

DER MIETER Ich weiß es wohl.

DER VORSTANDSVORSITZENDE Na, dann wenden Sie sich an den betreffenden Herrn.

DER MIETER Nur an den Hausherrn persönlich.

DER VORSTANDSVORSITZENDE Was hat es denn auf sich mit dem Haus Otto-Heinrich-Straße 15?

DER MIETER Das fragen Sie mich?

DER VORSTANDSVORSITZENDE Ich kenne das Haus Otto-Heinrich-Straße 15 nicht. Wie sollte ich alle Häuser kennen, die unsere Gesellschaft besitzt. Ich bin Verwaltungsexperte, mehr nicht.

DER MIETER *reißt die Türen auf.* Wo ist mein Hausherr? Lassen Sie mich zu ihm! Ich brauche die oberste Instanz.

DER VORSTANDSVORSITZENDE Moment! Höher hinauf als zu mir geht es eigentlich nicht in unserem Verein. Sie stehen schon vor dem Richtigen, insofern.

DER MIETER Aber Sie kennen das Haus doch gar nicht, in dem ich wohne.

DER VORSTANDSVORSITZENDE Persönlich nicht. Ich sollte es jedoch kennen, als Objekt. Es genügt ein Blick in die Unterlagen –

DER MIETER Ein Mann besitzt ein Haus und kennt es nicht! Davor habe ich mich immer gefürchtet.

DER VORSTANDSVORSITZENDE Ich muß Ihnen doch nicht erklären, daß ich im landläufigen Sinn kein Hausbesitzer bin.

DER MIETER Gehört es Ihnen, das Haus Otto-Heinrich-Straße 15?

DER VORSTANDSVORSITZENDE Persönlich nicht.

DER MIETER Was zum Teufel ist denn an Ihnen persönlich?

DER VORSTANDSVORSITZENDE Persönlich stehe ich vor

Ihnen. Übersehen Sie das nicht. Höher hinauf geht es nicht in unserem Verein.

DER MIETER Ihr Stolz und Ihr Verein ergeben noch keinen Hausherrn.

DER VORSTANDSVORSITZENDE Es ist Ihnen gelungen, bis in die Chefetage vorzudringen. Aber Sie suchen offenbar den großen Unbekannten.

DER MIETER Ich habe meinem Hausherrn etwas zu sagen.

DER VORSTANDSVORSITZENDE Sie wissen so gut wie ich, daß es heutzutage einen persönlichen Hausherrn, wie Sie es nennen, kaum noch gibt.

DER MIETER Ach? Sondern?

DER VORSTANDSVORSITZENDE Es gibt Gesellschaften, Treuhandorgane, Konsortien, Verflechtungen über Verflechtungen.

DER MIETER Hören Sie auf! Das sind die Fantasien eines Wahnsinnigen! Eines Paranoikers! Ich will nichts davon wissen!

DER VORSTANDSVORSITZENDE Wir haben es hier weniger mit dem Wahnsinn zu tun als vielmehr mit handfesten wirtschaftlichen Gegebenheiten. Sie werden es schwer haben, mein Herr, wenn Sie Ihre Idee vom persönlichen Hausherrn nicht endlich an den Nagel hängen.

DER MIETER Was heißt Idee? Ich suche ihn, ich brauche ihn. Er soll – er muß mir sein Ohr leihen.

DER VORSTANDSVORSITZENDE Und mir – mir wollen Sie es nicht sagen, mir als jemandem, der den Geist des Hausherrntums in seiner modernen Form verkörpert.

DER MIETER Ich traue Ihnen nicht. Und im übrigen: Sie kennen das Haus, in dem ich wohne, ja nicht. Es geht darum, daß sich in diesem Haus – dem Haus meines Hausherrn – bereits ein anderes Haus befindet.

DER VORSTANDSVORSITZENDE Ein Haus im Haus?

DER MIETER Gewiß, ja.

DER VORSTANDSVORSITZENDE Wie soll man das verstehen?

DER MIETER Das werde ich Ihnen nicht erzählen.

DER VORSTANDSVORSITZENDE Sie meinen nicht etwa, es wohnt bereits jemand anderes – ein anderes Wesen, ein anderer Mensch im Haus?

DER MIETER Das meine ich auf gar keinen Fall.

DER VORSTANDSVORSITZENDE Sondern Sie würden sagen: In Ihrem Haus wohnt bereits ein anderes Haus.

DER MIETER Ja.

DER VORSTANDSVORSITZENDE Wie soll denn das aussehen: Ein Haus im Haus? Erzählen Sie mir nach einem anstrengenden Sitzungstag doch solch einen Unsinn nicht.

DER MIETER Ihnen erzähle ich weiter nichts.

DER VORSTANDSVORSITZENDE Nein. Denn dieser Unsinn wäre uns längst schon zu Ohren gekommen. Ich versichere Ihnen: Die Gesellschaft besitzt kein Haus, in dem ein anderes bereits wohnt … Schmeißen Sie's doch raus, dies Ekel! Schmarotzer! Machen Sie kurzen Prozeß. Ich meine, Sie brauchen in einem solchen Fall nicht zu prozessieren. Hier gilt das Faustrecht. Raus mit dem Drecksstück!

DER MIETER Sie sind weit davon entfernt, mein Hausherr zu sein. Hiervon haben Sie mich immerhin überzeugen können.

DER VORSTANDSVORSITZENDE Ich bin Ihr Hausherr, verdammtjuchhee!

Und wenn Sie es nicht glauben, dann werde ich's Sie spüren lassen. Ich bin der Vorstandsvorsitzende unserer Immobilien-AG und Verwaltungs-KG. Ich habe, lieber Herr, meine Möglichkeiten, mit Häusern, die in Häusern wohnen, und Verrückten, die mir so etwas erzählen, fertig zu werden! Darauf können Sie sich verlassen.

Der Mieter Da ich Ihnen weiter nichts zu erzählen gedenke und Sie in Kürze vor dem rätselhaften Tatbestand, so wie ich ihn angeschnitten habe, verloren stehen lassen werde, darf ich Ihnen versichern, daß Ihre Möglichkeiten, auf die Sie anspielen, vor dem Haus Otto-Heinrich-Straße 15 an ihre Grenzen stoßen werden.

Der Vorstandsvorsitzende Gut. Bleiben wir beide auf dem Teppich. Rauche, staune, gute Laune. Wie lange wohnt demgemäß das Haus schon bei Ihnen? Nein! Herrgott! Ich kann diesen Unfug nicht aussprechen! Ich darf es nicht. Spreche ich's aus, dann denk ich's am Ende auch. Das fehlte noch. Soweit geht die Affenliebe nicht, mein Freundchen!

Der Mieter Worüber Sie sich jetzt ereifern, sind allein Sie selbst.

Der Vorstandsvorsitzende Natürlich, Menschenskind, ich ereifere mich, ich krieg ja Krämpfe im Gehirn. Das ist ja Gift, was Sie mir da erzählen, pures Gift.

Der Mieter Warum haben Sie sich überhaupt auf ein Gespräch eingelassen, wo Sie doch mein Hausherr nachweislich nicht sind?

Der Vorstandsvorsitzende Bin ich! Bin ich! Schweigen Sie.

Der Mieter Sie hätten schweigen sollen. Von Anfang

an gar nicht darauf eingehen, das hätte ich Ihnen empfohlen.

DER VORSTANDSVORSITZENDE Sie haben mich doch bedroht, als ich aus der Tür des Vorstandszimmers kam, bedroht mit diesem gierigen Unsinn, mit Ihrem ganzen feurigen verrückten Wesen! Sie wissen doch selbst am besten, wie wenig man einem geistigen Amokläufer letztlich ausweichen kann!

DER MIETER Ja. Im Grunde gar nicht.

DER VORSTANDSVORSITZENDE Und wenn man erst mal einen Spritzer von seinem Unverstand abbekommen hat, dann hilft alles nichts, dann muß man abwarten, bis sich das Zeug im Blut wieder verdünnt hat. Ich habe das einmal selbst sogar im Vorstand erlebt, als der Herr Schimmelpfennig seinen Anfall bekam und dann ja auch nicht mehr für den Vorstand kandidierte, er war nämlich völlig überfordert und drehte durch, und ich sage Ihnen, im selben Moment wurde auch mir alles zuviel, die Akten eine graue Mauer, das Zimmer eine Gummizelle, und ich dachte: Noch ein verrücktes Wörtchen, und ich dreh mit ihm durch!

DER MIETER Meinen Hausherrn habe ich gesucht und ein schwindliges Vorstandsvorsitzerchen habe ich gefunden. Wie aussichtslos!

DER VORSTANDSVORSITZENDE Sie können es mir glauben: Ich bin von Natur alles andere als ein Nervenbündel.

DER MIETER Sie sind das geborene Nervenbündel. Sie sind von Geburt an immer ein Nervenbündel gewesen.

DER VORSTANDSVORSITZENDE Da täuschen Sie sich.

DER MIETER Ich täusche mich ganz gewiß nicht.

DER VORSTANDSVORSITZENDE Wenn Sie wüßten, wie viele Entscheidungen ich täglich einschneidend treffe!

DER MIETER Trotzdem erkenne ich das Nervenbündel auf den ersten Blick. Ich erkenne es aus cirka hundert Metern Entfernung. Ich kann einem Nervenbündel auf den Kopf zusagen: Du bist ein solches. Dafür habe ich einen untrüglichen Instinkt.

DER VORSTANDSVORSITZENDE Den haben Sie eben nicht.

DER MIETER Und ob!

DER VORSTANDSVORSITZENDE Von wegen!

DER MIETER Ha! *im Ton von ›man höre!‹*

DER VORSTANDSVORSITZENDE Tja. *›ich sag's, wie's ist‹*

DER MIETER Tss! *›Der glaubt mir doch nicht!‹*

Abfolge von Lauten der Selbstbehauptung des einen und des Zweifels an dieser Haltung durch den anderen.

DER VORSTANDSVORSITZENDE Ffff!

DER MIETER Hm! *Kopfstimmengicks, belustigt*

DER VORSTANDSVORSITZENDE Phhh!

DER MIETER Bbbb *mit vibrierenden Lippen*

DER VORSTANDSVORSITZENDE Kkk *etwas fauchig*

DER MIETER A *kurz, verächtlich*

DER VORSTANDSVORSITZENDE Mm *Brummen, etwas nachdenklich*

DER MIETER Mm *ebenfalls etwas nachdenklich*

Das Haus im Haus
V. Nervenbündel

Durch eine der Türen treten auf Der Regisseur und Die Frau.

Heimkehr

Der Regisseur Hier steht der Fernseher. Darunter der Videorekorder. Du siehst die letzten Minuten der Sendung. Dein Mann sitzt in diesem Glaskasten auf der Bühne, der Thomas Schwarze stellt ihm die letzte, absolute Frage. *In einer der Türen wechselt die Milchglasscheibe mit einer durchsichtigen, und es erscheint der Kopf des Mannes mit Kopfhörern.* Es geht um alles oder nichts. Er schwitzt, er kaut an seinen Lippen. Er hört die Frage, er hört die ersten Takte der Ratemusik, er antwortet wie aus der Pistole geschossen, ein Aufschrei von dir, von Millionen, aus einer Kehle … Falsch. Falsche Antwort. Aus und vorbei. Er hat verloren. Du stehst auf, gehst zur Flasche, nimmst einen kräftigen Schluck. Weißt du, im Film würde ich die Straßen der Kleinstadt zeigen, die Straßen sind leergefegt, alle sitzen zuhaus vorm Fernsehschirm und greifen fiebernd nach ihren Erdnüssen – und wie dann ein Aufschrei durch die Gassen gellt, ein Aufschrei aus allen Fenstern zugleich. Zuhaus allein gehst du durch die Wohnung, rückst alles, was an seinem Platz steht, um so fester an seinen Platz. Schließlich trittst du vor die hochstielige Blumenvase, zögerst einen Augenblick und schlägst sie dann mit einem Handkantenschlag nieder. Du hast die Sendung auf Video mitgeschnitten, du läßt dir den Augenblick der Niederlage wieder und wieder vorspielen. ›Er ruft natürlich nicht an‹, murmelst du.

Nächste Szene. Heimkehr des geschlagenen Kandidaten. Er kommt rein, setzt sich stumm an den gedeckten Tisch und beginnt besinnungslos zu essen …

Der Mann tritt durch eine der Türen auf, setzt sich an den Tisch, beginnt zu essen. Der Regisseur zieht sich zurück.

DER MANN Hast du dir den Kollegen von der Ostasienfraktion einmal näher angesehen?

DIE FRAU Den Sieger?

DER MANN Widerlicher Pinsel.

DIE FRAU Er kannte sich aus. Wissenssieger.

DER MANN Dieser Bastard von einem Chinakenner! Diese Operettencharge des Wissens! Von dem läßt du dich beeindrucken? Übrigens: Der Thomas Schwarze ist der ungebildetste Mensch, der mir je begegnet ist. Wenn der seinen Spickzettel nicht bei sich hätte –

DIE FRAU Du weißt einfach nichts, Horst.

DER MANN Ich wußte, daß das nicht Liszt war.

DIE FRAU Sondern? Tristan und Isolde war's.

DER MANN Ja, Gott, ich bin Liszt-Experte.

DIE FRAU Das hättest du doch hören müssen, daß das nicht ›Hänsel und Gretel‹ ist! Wozu ackern wir drei monatelang, Tag für Tag, nachts unterm Kopfkissen die Kassetten, wozu das Ganze?

DER MANN Es war doch nur ein Spiel, ein Spiel!

DIE FRAU Wie bist du denn bloß auf Humperdinck gekommen?

DER MANN Frag mich nichts mehr! Frag mich nie wieder was!

DIE FRAU Wir hatten doch nie etwas von Humperdinck gehört!

DER MANN Du nicht. Ich schon.

Das reicht alles viel weiter zurück, als man denkt. Mein erster Klavierlehrer Anfang der Fünfziger war eben ein Kommunist.

DIE FRAU Geh in dein Büro. Kümmere dich um deine Datenbänke. Laß die Finger vom Wissen.

DER MANN Schwamm drüber. Es gibt Wichtigeres im Leben als Liszt und Konsorten.

DIE FRAU Weißt du, ich denke mir, daß die Sache mit der falschen Antwort einfach wichtiger ist als alles andere.

DER MANN Ach! Morgen sieht alles schon wieder ganz anders aus.

DIE FRAU Ich fürchte, morgen sieht alles ganz genauso aus.

DER MANN So? Meinst du? Von mir aus. Der Klügere gibt nach.

DIE FRAU Der Klügere gibt nicht nach. Er setzt sich durch.

DER MANN Tja. Jetzt lebst du bis ans Ende deiner Tage mit einem Wissensverlierer zusammen.

Aus einer Tür treten Die Dame mit dem Mikrofon und Der Mahner und Warner. Sie setzen sich auf eine Couch.

Interview – Reden aneinander vorbei

Ein Versehen

DIE DAME MIT DEM MIKROFON Herr Gorschinski, Sie haben seit zwanzig Jahren in Ihren Büchern vor der Selbstvernichtung der Menschheit gewarnt ...

DER MAHNER UND WARNER Wie? Entschuldigen Sie, ich höre etwas schwer...

DIE DAME MIT DEM MIKROFON *lauter* Sie haben seit zwanzig Jahren... nein, das ist zu laut. Ich kann nicht so schreien, das Mikrofon, wir kriegen einen verzerrten Ton. Verstehen Sie mich?

DER MAHNER UND WARNER Nun ja. Sehen Sie, das ist alles gar nicht so furchtbar neu. Ich habe schon vor zwanzig Jahren in einem meiner Bücher darauf hingewiesen, daß unser Schicksal als Spezies, als sogenannte ›Krone der Schöpfung‹ gewissermaßen aussichtslos ist. Ich würde heute sogar sagen –

DIE DAME MIT DEM MIKROFON *wiederholt mittellaut ihren Anfang.* Herr Gorschinski –

DER MAHNER UND WARNER Ja?

DIE DAME MIT DEM MIKROFON Sie haben seit zwanzig Jahren in Ihren Büchern vor der Selbstvernichtung der Menschheit gewarnt. *Sie umklammert das Mikrofon.* Verstehen Sie mich?

DER MAHNER UND WARNER Das ist richtig.

DIE DAME MIT DEM MIKROFON Gut. Würden Sie sagen, daß die Entwicklungen auf unserem Planeten Ihre Thesen inzwischen bestätigt haben?

DER MAHNER UND WARNER Wenn Sie bitte etwas lauter –

DIE DAME MIT DEM MIKROFON Ob Sie glauben, daß Ihre Thesen – Nein, stopp. Noch einmal. Ich brauche die präzise Frage. Anschlußproblem.

DER MAHNER UND WARNER Sehen Sie, die Geschichte der Menschheit, der geschichtliche Raum umfaßt ja erst runde sechstausend Jahre. Wir sind gewissermaßen noch sehr jung.

DIE DAME MIT DEM MIKROFON *laut* Einen Augenblick, bitte! Die Frage, ich muß erst die Frage stellen.

DER MAHNER UND WARNER Ja. Leider ja, möchte ich sagen. Ohne jede Einschränkung. Im Gegenteil. Sie können jedes meiner Bücher hernehmen und darin jeden Satz dreimal unterstreichen, nach den verheerenden Entwicklungen der letzten Jahrzehnte.

DIE DAME MIT DEM MIKROFON Das heißt, Sie bleiben bei Ihrer Auffassung, daß der Mensch ein Versehen im Programm der Schöpfung ist?

DER MAHNER UND WARNER Ein Versehen? Welches denn? Ach, wissen Sie, es mag mir gewiß das ein oder andere kleinere Versehen unterlaufen sein. Bei einem Werk dieses Umfangs, wie ihn das meine nun einmal besitzt, ist das im Grunde ganz unvermeidlich. Aber worauf wollen Sie hinaus im speziellen?

DIE DAME MIT DEM MIKROFON Nein, nichts Spezielles, ganz allgemein. Ich habe Sie doch richtig verstanden: Die Menschheit im ganzen, der Mensch an sich ist ein Versehen, im großen und ganzen – *lauter* das Menschheitsversehen!

DER MAHNER UND WARNER Ach so. Natürlich. Ich weiß jetzt, was Sie meinen. Entschuldigen Sie bitte. Ich war einen Augenblick abwesend, mente captus. Also: ein Versehen. Vielmehr: D a s Versehen. Natürlich. Selbstverständlich. Der Mensch – ein Irrtum der Natur. Das menschliche Hirn eine evolutionäre Fehlentwicklung. Man kann es so sehen, und ich habe es so gesehen, kein Zweifel.

DIE DAME MIT DEM MIKROFON Sie räumen aber trotz allem einem kritischen Optimismus ein gewisses Recht ein?

DER MAHNER UND WARNER Und wenn ich das noch

hinzufügen darf: Ich werde es auch in Zukunft nicht anders sehen – falls mir die Zukunft noch Gelegenheit dazu läßt! *Er lacht.*

Im Autosalon

Zwei Männer und ein junger Verkäufer auf der Couch. Eine Bildwerfersäule mit den neuesten Modellen.

ERSTER MANN Ist auf den Rädern dieses Autos je eine Probefahrt unternommen worden?

Der Verkäufer wirft den Oberkörper auf die Knie.

ERSTER MANN Auf jede unserer Fragen brechen Sie vornüber zusammen.

Beide Männer richten ihn auf.

ZWEITER MANN Na, was gibt's für Neuigkeiten?

ERSTER MANN Waren Sie dem Wahnsinn nahe oder wo kommen Sie her?

ZWEITER MANN Sind Sie uns nicht gewachsen?

ERSTER MANN Solche Kunden – philosophisch angehauchte Kunden – sind Ihnen vielleicht ein Greuel.

ZWEITER MANN Aber vor einem Auto dieser Preisklasse macht der Sokrates in uns nicht halt. Wir fragen uns ganz allmählich an das Ding – das Objekt heran.

ERSTER MANN Getragen von der Überzeugung: Es wäre schön, mit diesem Auto eine Lücke zu füllen.

ZWEITER MANN Ob es dazu in der Lage ist, kann nur eine Probefahrt mit einem vorher nie zur Probefahrt herangezogenen Exemplar dieser und keiner anderen Klasse erweisen.

ERSTER MANN Wir wollen uns ein im Straßenverkehr völlig unerprobtes, springlebendiges und unberührtes Automobil gefügig machen.

ZWEITER MANN Ein Jungmobil, ein Autofohlen mit all seinen unbändigen Launen und Unbeherrschtheiten.

ERSTER MANN Solch entschiedene Nachdenker als Autofreunde

ZWEITER MANN Zwei ewig Vermutende

ERSTER MANN Sind Ihnen gewiß noch nicht über den Weg –

ZWEITER MANN Sind Ihnen gewiß!

ERSTER MANN Frau? Kind? Kinder?

Der Verkäufer nickt, fällt vornüber, sie richten ihn wieder auf.

ZWEITER MANN Wo Tochter?

VERKÄUFER Ausland.

ERSTER MANN Ah!

ZWEITER MANN Dollarschwäche.

ERSTER MANN Von wegen.

ZWEITER MANN Nein?

ERSTER MANN Noch längst nicht.

VERKÄUFER Warum Auto?

ERSTER MANN Wie gesagt: Es wäre schön, eine Lücke zu füllen.

ZWEITER MANN Wenn auch nur mit einem Traumschlitten.

ERSTER MANN Ich habe mir da ein Auto in Form eines komfortablen Selbstverschluckers vorgestellt. Davon ist hier leider nichts zu sehen.

VERKÄUFER Woher nehmen Sie die Freiheit zu behaupten, es gäbe hier keinen –

ERSTER MANN Woher ich die Frechheit nehme? Hören Sie! Wie drücken Sie sich aus? Frechheit!

Verkäufer Wenn ich Frechheit sagte, meinte ich Freiheit.

Zweiter Mann Sie meinen Freiheit, wenn Sie Frechheit sagen.

Erster Mann Freiheit, wenn es sich um eine Frechheit handelt, nicht wahr.

Zweiter Mann Sie sagen Freiheit und meinen Frechheit.

Erster Mann Jedermann erkennt, daß es sich hier um eine nicht mehr abwinkelbare Beleidigung handelt.

Verkäufer Bringen Sie mich nicht in die gemeine Lage, diese verdammte Situation zu durchschauen.

Erster Mann Herzlich wenig! Herzlich wenig!

Zweiter Mann Fleißig sind Sie, fleißig, ja, zum Donnerwetter.

Verkäufer Ich halt's nicht aus! Ich halte es nicht aus!

Er läuft hinter eine Tür.

Erster Mann Ein den ganzen Nachmittag trübender Augenblick steht nun bevor.

Zweiter Mann Wir sind auf nichts und niemanden gefaßt.

Erster Mann Der Autoverkäufer heutzutage muß stählerne Nerven besitzen.

Zweiter Mann Ein Kupferschmied muß er sein.

Erster Mann Und trotzdem mit der Zeit gehen.

Zweiter Mann Aber nur ein Weilchen, und dann ab in den Garten der Lüste. Deliziös!

Erster Mann Nackt wie Jupiter ohne Gedicht.

Zweiter Mann Pudelnackt.

Erster Mann Nackt bis auf des Pudels Kern.

Zweiter Mann Bis zu Entkernung ganzer Stadtteile.

Erster Mann Entkernung ganzer Pudelrudel.

Der Verkäufer tritt hinter der Tür hervor.

ZWEITER MANN Sie waren wieder dem Wahnsinn nahe.

VERKÄUFER Ich schalte rein auf Empfangsstation.

ZWEITER MANN Wir haben Sie in eine Erregung versetzt, die jeder Außenstehende für überflüssig halten würde, und Sie behaupten jetzt das klassische Gegenteil.

ERSTER MANN Wenn Sie jemals auch nur annähernd das bekannte Schwert des Damokles über sich verspürt hätten, dann könnten Sie sich vielleicht in die Lage von jemandem versetzen, der unter der Sendekeule des Fernsehsatelliten sein kärgliches Dasein fristet.

ZWEITER MANN Reicht von Kopenhagen bis Triest.

ERSTER MANN Könnten sich also in die Lage von jemandem versetzen, der rettungshalber ein Auto braucht, um entweder über Kopenhagen hinaus oder unter Triest hinweg zu kommen.

VERKÄUFER Wenn Sie sich höflichst an den Anlasser wenden wollen!

ERSTER MANN Den Veranlasser meinen Sie?

VERKÄUFER Den Anlasser!

ZWEITER MANN Den Verursacher von allem und jedem?

ERSTER MANN Wollen Sie bitte hier nicht den metaphysischen Lämmerhirten spielen!

ZWEITER MANN Den lammfrommen Schafskopf!

ERSTER MANN Den schafsköpfigen Kuhtreiber!

ZWEITER MANN Den kuhäugigen Schweineknecht!

ERSTER MANN Den schweinebäuchigen Ochsensepp!

ZWEITER MANN Den ochsbeinigen Ziegenpeter!

VERKÄUFER Sie sind somnambul! Somnambul sind Sie!

ERSTER MANN Ihr Lieblingswort.

Zweiter Mann Hanseatische Gelassenheit!

Erster Mann Was begreiflicherweise nicht mein Fall.

Zweiter Mann Wenn Sie uns nicht gewachsen sind, genügt ein einziges Flüsterwörtchen, und wir erbitten Ihren Vorgesetzten in gleicher Angelegenheit.

Erster Mann Über eines dürfen Sie sich keinen Illusionen hingeben: Ohne Auto tun wir keinen Schritt aus diesem Haus.

Zweiter Mann Ohne herrliches Auto jedenfalls nicht.

Erster Mann Richtig! Erlösende Einschränkung! Das macht die Sache nicht leichter, aber beispielloser.

Zuflucht

Auf der Couch sitzen Der Mann und Die Frau.

Der Mann Deine Mutter, die sich bei uns einquartiert hat mit einem Strafgefangenen, den sie zuerst betreute und dann zu ihrem Liebhaber machte, diese brave Frau eines evangelischen Pfarrers aus Neckarsulm, die seit einer Woche bei uns ihre Zuflucht fand – ich würde sie einfach gern einmal kennenlernen. Ihr bloß mal guten Tag sagen.

Die Frau Ich weiß gar nicht, ob sie irgend jemanden sehen will. Sie ist viel zu verliebt.

Der Mann Aber sie wohnt hier in unserer Wohnung. Sie ist unser Gast. Ich werde sie doch wenigstens einmal zu Gesicht bekommen.

Die Frau Sie geht nicht raus aus ihrem Zimmer. Sie liegt den ganzen Tag im Bett mit ihm.

Der Mann Wie ist das überhaupt passiert?

Die Frau Sie haben sich eben viele Briefe geschrieben, als er im Knast saß. Erst waren sie höflich und fromm, dann wurden sie immer zärtlicher. Und jetzt ist es eine Leidenschaft.

Der Mann So etwas nennt man Wiedereingliederung, was die beiden da treiben, wie? Weiß dein Vater eigentlich –?

Die Frau Ja weiß er. Er weiß nicht, daß sie hier sind. Aber daß sie zusammen fort sind, das weiß er.

Der Mann Schämst du dich eigentlich ein bißchen?

Die Frau Schämen? *Sie lacht.* Nein. Warum? Ich freue mich doch, daß meine Mutter so glücklich ist.

Der Mann Und dein Vater? Tut er dir nicht leid?

Die Frau Er ist selber schuld. Hätte er nicht all die Jahre seinen säuerlichen Pfaffenmief über uns verbreitet, wäre das gar nicht passiert.

Der Mann Das glaube ich nicht. So etwas passiert nicht aus solch banalen Gründen. Es passiert, basta. Grundlos. Und der Mann, der alte, leidet. Sieh das ein.

Die Frau Du kennst ihn ja nicht. Er ist wie Hiob, der gerne redet. Er ist ein Leidschwätzer.

Der Mann Du bist eine gutartige Frau. Wie kommt auf einmal dies satanische Lustschmunzeln auf deine Lippen?

Der Strafgefangene, ein schmächtiger Mann mit verwirrtem Kopfhaar, kommt, mit einem großen Handtuch um den Körper geschlagen, aus einer der Sieben Türen.

Der Strafgefangene Sie haben eben von Hiob gesprochen? Dann lassen Sie mich bitte zitieren: ›Wenn ihr mir doch zuhören würdet, statt mich mit falschen

Trosten zu besänftigen.‹ Glauben Sie mir, ich habe das in meiner Zelle gut tausendmal vor mich hin gerufen.
Er setzt sich zwischen die beiden auf die Couch.
Der Mann damals bei dem bekannten Fährunglück im Ärmelkanal, der sich sofort schuldig erklärte, weil er die Ladeluken nicht rechtzeitig geschlossen hatte, nachdem das Schiff ausgelaufen war, wodurch das Wasser eindrang und die Fähre binnen weniger Minuten zum Kentern brachte – dieser Mann wollte der Schuldige sein, aber die Behörden haben's ihm verwiesen – Staatsanwaltschaft, Reederei, Frachtgesellschaft, sie alle haben sich gegen ihn gestellt, er durfte nicht schuld sein, unfaßbar: er allein? Aber er war es. Sein Versäumnis hat hundertfünfunddreißig Menschen den Tod gebracht. Wie sollte er dafür büßen? Er wollte es aber. Er wollte das Unmaß an Buße ganz alleine tragen. Man darf sich nicht vorstellen, daß es ein schwaches Motiv ist, ein Verbrechen zu begehen, nur um mit der übergeordneten Macht der Strafe in Berührung zu kommen. Auch wenn das heute kaum einer noch zugibt; die meisten sind ja rauhe, durch und durch weltliche Gesellen, die scheinbar nur Strafminderung, Straferlaß im Kopf haben, aber in Wirklichkeit wollen sie nur raus aus dem Knast, um neue kleinere oder größere Straftaten zu begehen – natürlich: um mit der Strafe wieder in Berührung zu kommen. Ich sage Ihnen: Ein Verbrecher ist im Grunde seines Herzens, seinen ganzen Antrieben nach ein Büßermönch, ein Flagellant, ein christlicher Masochist. Er ist überhaupt kein Opfer weder der Gesellschaft noch seiner Erziehung: Er ist ein Strafsüchtiger.

Was rede ich da?
Er klopft sich mit beiden Fäusten an den Schädel und hält sie dann vor sein Gesicht. Mein Verstand hat nichts mit uns beiden zu tun, nicht wahr? Er hat etwas Schlechtes an sich. Du armseliger Verstand! Von uns beiden hast du das nicht!

DER MANN *zur Frau* Was hat er eigentlich angestellt?

DER STRAFGEFANGENE *steht auf der Stelle auf.* Da bin ich doch lieber nicht mehr dabei …
Eine Frauenstimme ruft hinter einer Tür: ›Mischa! Mischa!‹ …
Wenn über mich gesprochen werden soll, muß man mir das nur sagen: Ich bin sofort verschwunden. *Er geht durch die Tür ab.*

DER MANN Der Zorn hat ihn gepackt.

DIE FRAU Wenn er rot wird, sieht man die Gitterstäbe in seine Stirn gekerbt.

Hinter den Türen Autogeräusche in einem Parkhaus. Es treten auf der Leibwächter und der Parkwächter.

Die Wächter

LEIBWÄCHTER Sie haben einen Leibwächter gesucht?

PARKWÄCHTER Ja.

LEIBWÄCHTER Für sich selber?

PARKWÄCHTER Ja.

LEIBWÄCHTER Darf ich fragen, was für einen Beruf Sie haben?

PARKWÄCHTER Ich bin Parkwächter in diesem unendlich großen Parkhaus.

LEIBWÄCHTER Sie sind ... Parkwächter?

PARKWÄCHTER Jawohl.

LEIBWÄCHTER Und Sie suchen jemanden, der Sie bewacht, während Sie Autos bewachen?

PARKWÄCHTER Nicht nur das. Er soll mich frühmorgens nach Hause begleiten und abends wieder zur Arbeit. Außerdem sollte er jeweils vor dem Zimmer, in dem ich mich gerade aufhalte, Posten beziehen.

LEIBWÄCHTER Wissen Sie, was das kostet, guter Mann?

PARKWÄCHTER Ich kann es mir vorstellen. Ich habe mich erkundigt.

LEIBWÄCHTER Sie haben sich erkundigt. Einen Totalschutz fordern Sie. Besteht für Sie eine akute Gefahr für Leib und Leben?

PARKWÄCHTER Eine solche Gefahr besteht immer.

LEIBWÄCHTER Bekanntlich. Selbstverständlich. Sie können überfallen, der Parkhauskasse beraubt und niedergeschlagen werden.

PARKWÄCHTER Eben. Und das ist nur ein Beispiel.

LEIBWÄCHTER Entschuldigen Sie: Mit gleichem Recht könnte so gut wie jedermann einen Leibwächter anstellen. Dann wären wir bald soweit, daß jeder etwas schwächere Mensch den nächst stärkeren zu seinem Leibwächter bestellt.

PARKWÄCHTER Dies wäre ein gesellschaftlich gerechtes Gesetz.

LEIBWÄCHTER Ja, dann würde selbst ich mir einen nächststärkeren Leibwächter halten und dieser wiederum würde sich den nächststärkeren suchen ... Mann! Unsere ganze Gesellschaft bestünde sodann aus einer endlosen Staffel von Personenschutz!

PARKWÄCHTER Und am Ende der Staffel – am Ende befände sich dann der erwiesenermaßen Stärkste.

LEIBWÄCHTER Richtig.

PARKWÄCHTER Dann hätte man ihn. Dann hätte man den stärksten Mann auf die natürlichste und gesellschaftlich gerechteste Weise endlich ausfindig gemacht.

LEIBWÄCHTER Ach hören Sie auf! Unsinn!

PARKWÄCHTER Es ist vorstellbar, aber letztendlich nicht durchführbar. Es hieße, die absolute Gerechtigkeit verlangen und an deren unterstem Ende, als deren allerletztes Glied stünde dann ich, denn ich kann nur ein Auto, aber keine Person schützen. Unter mir wäre niemand mehr, unter mir läge die Welt der leeren Autos im Parkhaus.

LEIBWÄCHTER Um es kurz zu machen: Totaler Personenschutz, rund um die Uhr, nicht wahr, das kostet Sie im Monat einige tausend Mark, mindestens das Doppelte von dem, was Sie verdienen. Im übrigen: Ich bin Angestellter, kommt hinzu Krankenkasse, Sozialversicherung etc. Wir befinden uns hier nicht auf der freien Wildbahn.

PARKWÄCHTER Daran soll es nicht fehlen. Es soll Ihnen an nichts fehlen. Ich werde mein Gehalt mit Ihnen teilen.

LEIBWÄCHTER Ihr Gehalt! Zweitausend netto, wie?

PARKWÄCHTER Zweitausendfünfhundert.

LEIBWÄCHTER Ich höre Ihnen zu, weil ich Mitleid mit Ihnen habe. Eigentlich müßte ich mir sofort das Fahrgeld aushändigen lassen und Sie für Ihre Frechheit büßen lassen. Ich höre Ihnen zu, weil ich mich amüsiere. Und weil Sie mir leid tun.

PARKWÄCHTER Auf Ihr Mitleid bin ich freilich angewiesen. Ohne das geht es nicht. Ich habe mir nach dem plötzlichen Tod meines Bruders diese grausam untergeordnete Stellung aufgebürdet. Es bestraft mich ja niemand! Es gibt ja kein Gesetz und keine Herrschaft, die Sühne verlangt! Und wenn es nach dem Allmächtigen gegangen wäre, dann hätte ich mein bewegtes Leben genauso kunterbunt weiterführen können wie vor dem Tod des Bruders. Wenn ich mich nicht selbst aufgerafft hätte, wenn ich mich nicht selbst bestraft hätte mit diesem würdelosen Dienst am parkenden Wagen, glauben Sie mir, es wäre mir nichts, aber auch gar nichts geschehen. Buße? Wird ja nicht verlangt. Früher ging man in Staub und Asche, ich verschlinge diese Abgase hier.

LEIBWÄCHTER Das hört sich ja an, als trügen Sie eine Schuld am Tod Ihres Bruders.

PARKWÄCHTER Das möchte ich meinen. Ich trage sie. Ich habe gewußt, er wird sterben, ich habe es ganz genau gewußt. Und ich hab's ihm nicht gesagt.

LEIBWÄCHTER Das hätte er vielleicht auch nicht gern gehört.

PARKWÄCHTER Doch, doch. Sie kennen meinen Bruder nicht! Der wollte alles wissen, alles ganz genau vorher wissen, es bis aufs I-Tüpfelchen wissen und sich darauf einstellen, ein gottbegnadeter Pedant!

LEIBWÄCHTER Und selber hätt' er's nicht merken können, daß er stirbt, sterben muß, stürbe oder was denn nun?!

PARKWÄCHTER Er hat nichts gemerkt, ich schwör's Ihnen, absolut nichts. Hier in der Kassenkabine stand er und es hat ihn erwischt. Er hat das nackte Stromkabel mit einem Kaffeetropfen am Finger berührt, und tot war er.

LEIBWÄCHTER Aber wie konnten Sie vorher so genau wissen, daß ausgerechnet ein derartiger Unfall passieren würde?

PARKWÄCHTER Weil er eben alles liest. Er mußte einfach alles lesen, was ihm ins Auge fiel. Ich hatte ja dieses kleine Zettelchen mit der winzigen Aufschrift ›Lebensgefahr. Achtung!‹ für ihn angefertigt, mit einem Klebestreifen versehen und dann auf die rohe, neuverlegte Leitung hinter dem Sicherungskasten sozusagen hinaufgehaucht, hinaufflattern lassen. Ich wußte, das wird er lesen, das wird er lesen!

LEIBWÄCHTER Dann haben Sie ihn in den Tod geschickt! Beziehungsweise – langsam! Ad eins: Sie haben sich mitschuldig gemacht am Tod Ihres Bruders. Die Hauptschuld trägt natürlich die Bauleitung, die kein Kabel ungeschützt verlegen darf.

PARKWÄCHTER Natürlich. Das wissen wir ja. Aber mein Verbrechen kann doch nicht darin bestehen, daß ich ihn vorm Tode, vor der Lebensgefahr auch noch warne. ›Lebensgefahr. Achtung!‹, schrieb ich. Mein Verbrechen kann doch einzig darin bestehen, daß ich wußte, er würde sterben, und es ihm vorher nicht sagte.

LEIBWÄCHTER Sie hätten gefälligst nichts Klitzekleines hinkritzeln sollen, sondern Sie hätten ein großes Pappschild mit aufgemaltem Totenkopf dorthin hängen müssen.

PARKWÄCHTER Er verstand doch diese Bildzeichen überhaupt nicht. Das war doch unser ewiger Zank. Er konnte sie nicht entziffern. Tausendmal auf die falsche Toilette, Pictogramme, Damen-Herren, hoffnungslos. Verkehrszeichen, sehr schwierig. Er war im Grunde ein Pictolegastheniker. Nur Buchstaben, Buchstaben, Buchstaben, die fraß er in sich hinein. Je kleiner um so lieber. Klein, klitzeklein, pitzelig, kniffelig mußte etwas aussehen, dann machte er sich darüber her. Ein Pedant. Ein Schädel mit zwei gekreuzten Knochen. Den hätte er für eine Warnung vor dem Hunde gehalten und erst recht heruntergerissen. Und wäre nie auf die Gefahr gestoßen worden. Weil er sich nämlich zu Recht veralbert gefühlt hätte.

LEIBWÄCHTER Vorausgesetzt, alles hätte sich in der Reihenfolge so zugetragen, wie Sie es geschildert haben, dies einmal vorausgesetzt, also ad zwei, ich muß das jetzt wirklich genau wissen, in Dreiteufelsnamen, wenn ich das jetzt nicht befriedigend von Ihnen höre, dann haben Sie mich möglicherweise aufs Glatteis geführt, und ich werde Ihnen noch zeigen, was Büßen heißt, wenn also ad zwei nicht zufriedenstellend beantwortet wird, ›Lebensgefahr. Achtung!‹, ja?! Sie müssen mich wirklich nicht in ein Gespräch verwickeln, aus dem Sie uns beide nicht wieder heil herauswickeln können! Warum in Dreiteufelsnamen hätte sich Ihr verfluchter Bruder denn gefreut – ge-freut! –, wenn er gewußt hätte, ich sterb', ich werde sterben?

PARKWÄCHTER Weil ihm im Leben nichts eine größere Freude bereitet hätte als zu wissen, daß er mich ins Unglück stürzt. Und sein Tod hat mich sofort ins Unglück gestürzt. Jetzt aber habe ich mich lange genug gegeißelt, erniedrigt und gedemütigt und bin davon derart geschwächt, daß ich ein Recht darauf habe, beschützt zu werden.

LEIBWÄCHTER Bestellen Sie doch beim lieben Gott einen Leibwächter. Der kostet nichts.

PARKWÄCHTER Sie sind der Stärkere. Sie kennen die Verpflichtungen der Brüderlichkeit. Flüchten Sie nicht in blasphemischen Leichtsinn!

Leibwächter Wissen Sie, worauf das hinausläuft: Sie betteln mich an!

Parkwächter Ich leugne es gar nicht. Ich bin arm an Kräften, Sie reich. Ich bin ein angstgepeitschter, Sie sind ein furchtloser Mann. Solche unterschiedlichen Charaktere sind von Natur her auf Ergänzung angelegt. Sie empfangen durch meine Schwäche eine andauernde Bestätigung Ihrer Stärke. Ich nutze dieselbe.

Leibwächter Hören Sie, ich habe Vorstandsvorsitzende, Bardamen, Politiker und Robert Lembke beschützt. Irgendwie muß die betreffende Person mich auch ganz persönlich zum Schützen reizen.

Parkwächter Ich will mich nicht besonders hervorstreichen, aber ich denke doch, daß ich als ein den Schutzreiz auslösendes Individuum in Frage komme.

Leibwächter Sie sind ein Kobold, das sind Sie! Wovor fürchten Sie sich denn so, im besonderen?

Parkwächter Ich fürchte mich vor jeder Form von Gewalttätigkeit, vor der ich mich schützen lassen könnte. Das heißt: Ich fürchte mich nicht vor Atombomben, Bevölkerungsexplosionen, Meteoren, Virusepidemien und ausgesprochenen Schicksalsschlägen aller Art. Ich fürchte mich zum Beispiel vor einer Schießerei in meiner Gegenwart.

Leibwächter Kommt ja wohl nicht alle Tage vor.

Parkwächter Das Gräßlichste, nicht wahr, wie der Name schon sagt, ereignet sich immer nur einmal. Und dann ist es gut, wenn man eben einen Leibwächter bei sich hat.

Leibwächter Sie haben im Grunde genommen bloß das kindische Bedürfnis, sich hinter dem großen Bruder zu verstecken. Der geht Ihnen jetzt ab, das ist alles.

PARKWÄCHTER Nein, nein. Mein Bruder, der war ja gerade der kleine Bruder. Das ist das eigentlich Niederdrückende an der ganzen Geschichte. Er war eben immer der kleine Parkhauswächter. Und ich in meiner Verzweiflung bin hin und her gerannt und habe mich kurzentschlossen auf seinen Platz gesetzt.

LEIBWÄCHTER Und jetzt wollen Sie mir allen Ernstes anbieten, daß ich mich für die Hälfte Ihres Gehaltes –

PARKWÄCHTER Sie teilen ja dann auch die Wohnung mit mir!

LEIBWÄCHTER Hier neben Sie stelle in die Abgasluft und mir die Lunge verpesten lasse?

PARKWÄCHTER Denken Sie auch an die enorme Sicherheit, die Sie dafür einkaufen? Wenn Sie heute einen hochgestellten Politiker beschützen, müssen Sie ständig, fast ununterbrochen mit Attentätern rechnen, die Sie in jeder Sekunde das Leben kosten können. Und Sie in Ihren Jahren werden es sich vielleicht zweimal überlegen, bevor Sie sich vor einen möglicherweise ungeliebten Volksvertreter schmeißen und im Kugelhagel zusammenbrechen. Bei mir hingegen als einem Mann des unscheinbaren Alltagslebens ist für Sie das Risiko, bei einem Attentat umzukommen, außerordentlich gering. Ein Mann wie ich garantiert Ihnen eine, vergleichsweise, berufsbedingte Überlebenschance von achtzig, neunzig, ja fünfundneunzig Prozent. Das müssen Sie sich drastisch vor Augen führen. Dort der beinahe unvermeidliche Kugelhagel, hier die allenfalls fünfprozentige Lebensgefahr. Fünf Prozent, das heißt: inklusive Abgasschäden und möglicher dramatischer Zwischenfall.

LEIBWÄCHTER Ich sage Ihnen klipp und klar: Sie brauchen keinen Leibwächter. Ihnen tut niemand etwas. Sie sind ein armer Frosch! Benehmen Sie sich anständig und es wird Ihnen nichts passieren.

PARKWÄCHTER Einen armen Frosch nennen Sie mich. Sehr richtig. Ein armer Frosch bin ich auch. So wie ich Ihnen jetzt erscheine. Sie erinnern sich vielleicht, daß der arme Frosch im Märchen gegen die Wand geschmissen wurde und sich in einen Königssohn verwandelte.

LEIBWÄCHTER Soll ich Sie etwa gegen die Wand schmeißen?

PARKWÄCHTER Das ist gar nicht nötig. Sie brauchen nur einen Vertrag mit mir zu schließen und Sie werden sehen, was sich hinter mir verbirgt.

LEIBWÄCHTER Der reiche Onkel aus Amerika? Ja, ja.

PARKWÄCHTER Ich verrate nichts weiter. Sie sind indessen auf der richtigen Spur.

LEIBWÄCHTER Wissen Sie, was sich hinter Ihnen verbirgt? Ich weiß es. Hinter Ihnen verbirgt sich 'ne ganze Organisation von armen Fröschen. Organisierte arme Frösche, zahllose Schwächlinge verbergen sich hinter Ihnen. Sie sind kein Einzelmensch, das habe ich gleich gemerkt. Aber ich bin nicht der dumme Riese für euch, für eine Horde von Feiglingen und Hosenscheißern. Ich bin überhaupt kein Riese und kein frommer Samariter. Ich bin ein Angestellter mit breiten Schultern und geübt im Schußwaffengebrauch. Ich schütze höhergestellte Persönlichkeiten. Ich bin kein Leibwächter für Parkwächter. Dafür bin ich nicht da, dafür bin ich nicht ausgebildet. Selbst wenn mir dreißig Liliputaner monatlich jeder tausend Mark böten, damit ich vor ihrer Höhle Wache hielte, würde ich niemals auch nur einen einzigen Liliputaner beschützen. Ich beschütze keine Liliputaner. Was klein ist, soll sich zusammenrotten und sich selbst beschützen. Was groß ist, steht einzeln da, das ragt hervor, das braucht meinen Schutz.

PARKWÄCHTER Eine solche Moral müßten Sie aber als mein Leibwächter nach und nach ablegen.

LEIBWÄCHTER Ich werde niemals Ihr Leibwächter! Nie, nie, nie!

PARKWÄCHTER Nun haben Sie die erste Probehalbestunde schon hinter sich! Geschafft! Mein Gott, was für eine Erleichterung! Ich bin sehr zufrieden mit Ihnen. Ein anregendes Gespräch ist doch der beste Schutz, den ein Mensch genießen kann ... Sehen Sie: dort! ...

LEIBWÄCHTER Oh Gott! Was ist das? Ein Ungeheuer ... ein Koloß!

PARKWÄCHTER Ja. Ein wirklicher Riese. Sehen Sie nur ... Nicht! Nicht schießen! Er geht. Sehen Sie, er geht ganz von allein. Er muß. Seine Zeit ist um. Und er hat mich nicht gekriegt!

Alle Türen gehen auf. Bürolärm. Telefone schnurren, Computer piepen, Drucker tackern. Von Tür zu Tür kreuzen Angestellte mit Unterlagen und Ausdrucken. Plötzliche Stille. Von hinten hört man jemanden mit einer schweren Last kommen. Der Mann allein auf der Bühne. Durch eine Tür tritt Der Bote mit einem großen Paket.

Ein Bote

Der Bote Herr Horst Tietze?

Der Mann Ja.

Der Bote Ich bringe das bewußte Paket.

Der Mann Mir? Ich wußte es! Ein schweres Paket, nicht wahr?

Der Bote Ja. Ein folgenschweres Paket. *Er schreibt in ein Auftragsheft.* Was sind Sie von Beruf, Herr Tietze?

Der Mann Beruf? Ach, irgendwas.

Der Bote Haben Sie keinen?

Der Mann Doch, doch. Was bin ich? Wie heißt das gleich? Warten Sie, ich hab's irgendwo aufgeschrieben ...

Der Bote Lassen Sie nur. Nicht nötig.

Der Mann Die Berufe sehen doch heute alle gleich aus. Jeder schiebt und schaufelt seine Daten. Starrt auf den Auswurf Leuchtschrift, füttert und speichert, was er kann. Das ist es doch, im wesentlichen. *Er stellt sich vor das Paket.* Darin befindet sich also die weltweite Abrüstung?

Der Bote In diesem Paket befinden sich die wichtigsten Schrauben der beiden Großmächte. Ohne die läuft nichts mehr. Die Sache ist nun in Ihre Hand gegeben.

Der Mann Warum denn ausgerechnet in meine?

Der Bote Man hat unter hundert Millionen Adressen die Ihre gewählt als die eines der unauffälligsten Menschen der Erde.

Der Mann Wie konnte man in Erfahrung bringen, daß ich einer der Unauffälligsten bin?

Der Bote Ein solcher Mensch, wie Sie es sind, läßt sich heute mit den Mitteln der modernen Technik in weniger als einer halben Sekunde aus der Weltbevölkerung herauspicken.

Der Mann Das hätte ich mir denken können. Ich erkenne die Ironie meines Schicksals. Ich bin in der Weltrangliste der Unauffälligen auf einen der obersten Plätze geraten. Rekord ist Rekord. Das mußte ja einmal auffallen.

Der Bote Sie bleiben nach wie vor ein anonymer Mensch. Außer mir weiß auf der Erde nur das Programm selbst, wer Sie sind und wo sich das Abrüstungspaket befindet. Ich wiederum befinde mich so fest in den Fängen des Programms, daß Ihr Name und Ihre Adresse auch nicht unter den extremsten Umständen von mir weitergegeben werden können.

Der Mann Was mache ich nun mit dem Paket?

Der Bote Sie stellen es, verschlossen wie es ist, in Ihren Schlafzimmerschrank. Innerhalb einer noch unbekannten Frist wird es wieder abgeholt und weiterverschickt.

Der Mann Wohin?

Der Bote Von einem zum anderen.

Der Mann Das bleibt also geheim?

Der Bote Geheim? Na, was heißt schon geheim. Anonym, würde ich sagen. So anonym wie Sie und ich …

Der Selbstmörder und das Nichts

Im leeren Raum der Sieben Türen stehen sich der Selbstmörder und Das Nichts gegenüber.

SELBSTMÖRDER Du bist also das Nichts.
DAS NICHTS Und du bist also der Selbstmörder.
SELBSTMÖRDER Und du das Nichts, wie?
DAS NICHTS Tja.
Der Selbstmörder bricht in Gelächter aus. Das Nichts muß mitlachen. Der Selbstmörder schlägt dem Nichts auf die Schulter.
SELBSTMÖRDER Genauso habe ich mir das Nichts vorgestellt! Ein Männlein.
DAS NICHTS Es tut mir leid, wenn ich dich enttäusche.
SELBSTMÖRDER Aber das Nichts, Menschenskind, etwas Großartiges, zumindest doch etwas Unvorstellbares!
DAS NICHTS Ich denke, wir gönnen uns erst mal ein halbes Stündchen, in dem wir uns ein wenig beschnuppern können.
SELBSTMÖRDER Eine unendlich durchschnittliche Begegnung! Damit hatte ich nicht gerechnet. Und mit dir für alle Ewigkeit?
DAS NICHTS Du bist hinüber.
SELBSTMÖRDER Ja. Das merke ich wohl. Ich bin hinüber. Ich kann nicht mehr zurück. Ich kann's nicht noch einmal probieren. Und an eine vorzeitige Trennung von uns beiden ist wohl nicht zu denken, wie?
DAS NICHTS Ich bin dein Nichts und bleibe es.
SELBSTMÖRDER Es könnte der Fall eintreten, daß ich an dir verzweifle.

DAS NICHTS Damit müssen wir beide fertig werden.

SELBSTMÖRDER Aber es ist doch bei Gott nicht einzusehen, daß ein Mann wie ich, eben noch eine tragische Größe, die sich entleibt, nun an ein Wesen gekettet wird, das sich das Nichts nennt und in Wahrheit, von Miene und Statur, mich für die Dauer der Ewigkeit an meinen verschwitzten Labordiener, den Hugenstock, erinnert. Das kann doch nicht alles sein, was das Nichts zu bieten hat!

DAS NICHTS Du solltest dir einmal das Grau-in-Grau an mir etwas feuerroter ausmalen. Du solltest einmal versuchen, in dem, was du an mir so durchschnittlich findest, dein ganz persönliches Strafgericht zu erblicken, vorsichtigerweise.

SELBSTMÖRDER Mit anderen Worten: So wie ich mich mit dir langweilen werde, unaufhörlich und unentrinnbar, das habe ich als mein Purgatorium anzusehen?

DAS NICHTS *kichert.* Was für'n Ding?

SELBSTMÖRDER Mein Purgatorium. Sei doch nicht so albern!

DAS NICHTS Entschuldige. Klingt so komisch.
Na gut. Ich verkneif's mir. Verkneif du dir's auch! *Prustet vor Lachen.*

SELBSTMÖRDER Ich frage dich, ob deine Begleitung, du minderbemittelter Wicht, mein Purgatorium ist?

DAS NICHTS *schreit vor Lachen.* Ha!

SELBSTMÖRDER Meine Vorhölle! Mein Fegefeuer, wenn du das besser verstehst!

DAS NICHTS *ernst* Da kenn ich mich nicht aus. Da bin ich überfragt.

SELBSTMÖRDER Du bist ungebildet! Das Nichts ist einfältig, katzbucklig, albern, langweilig und ungebildet. Es ist alles mögliche mir Bekannte, nur eines ist es nicht: das große Nichts. Hör zu, es fällt mir nicht leicht, ich war auf etwas Erhabenes gefaßt, ich fühle mich von der Ewigkeit hereingelegt –

DAS NICHTS Jeder bekommt das Nichts, das er verdient.

SELBSTMÖRDER Dann bin ich das Opfer einer Verwechslung! Ich bin der Mann, dem die Elektrographie der Träume gelang. Ich bin als Schlafforscher die Nummer eins gewesen da drüben. Ich bin der Mann, der das TAV entwickelt hat, bis kurz vor seine Vollendung, und es nicht vollenden durfte – nicht wollte!

DAS NICHTS Ja, aber wer war dieser Hugenstock, dein Labordiener, was war das für einer?

SELBSTMÖRDER Mir scheint, du interessierst dich nur für deinesgleichen. Hugenstock wär dir der rechte! Der wär in etwa dein Format! Ich habe eine Anlage entwickelt, mit der man die Träume des Menschen, seine tiefsten Abgründe hätte aufzeichnen können, sichtbar machen auf dem Videoschirm, speichern, sammeln, wieder abspielen, wie jeden beliebigen Film. Das geht dir wohl über den Verstand? Über den meinen ging es auch …

DAS NICHTS Es ist sehr interessant, was du erzählst. Ich höre dir gern zu.

SELBSTMÖRDER Ach, was hast du schon für einen Begriff vom menschlichen Dasein! Der Mensch ist ein Wesen, das sich ernährt, arbeitet und schläft. In groben Zügen ist das jedes Menschen Tagesablauf. Wenn er schläft, träumt er. Jeder tut es. Verstehst du mich?

DAS NICHTS Ja. Frag mich nur, was Hugenstock für einer war.

SELBSTMÖRDER Du quälst mich! Ich versuche dir einen Begriff davon zu geben, was ein forschender, denkender Mensch vollbringen kann, an welch fürchterliche Grenze ein vom Forschungsdrang beseeltes Individuum stößt und weshalb es dann unter unglücklichen Umständen zu jener Tat kommen muß, die ich schließlich zu tun bereit war. Ich versuche dir einen Begriff davon zu geben, daß ich in dem Augenblick, als ich vor meinem Gerät, vor dem Traumadapter, kurz vor seiner Vollendung stand, daß ich in diesem Augenblick der einsamste Mensch auf der ganzen Erde war.

DAS NICHTS Aber Hugenstock war auch dabei?

SELBSTMÖRDER Hugenstock! Eine bedeutungslose Kreatur! Ein Student! Eine Hilfskraft! Ein Handlanger, dazu noch ungeschickt. Ein Nichts!

DAS NICHTS Besser als niemand.

SELBSTMÖRDER Gut, gut. Wie du meinst. Ich wollte dir nicht zu nahe treten. Setz dich. Mir ist traurig zumute. Du mußt wissen, daß es mir schließlich im Selbstversuch gelang, sämtliche Traumphasen einer Nacht lückenlos aufzuzeichnen. Ich habe mir die Schlacht am nächsten Morgen angesehen. Mein Freund! Fünf Stunden später war alles vorbei. Aus, zerstört, gelöscht, vernichtet: alles, was die geistig-technische Entwicklung dieser Teufelsmaschine ermöglicht hatte: Software, Hardware und, um ganz sicher zu gehen, die eigene Existenz. Keine Spur mehr unter den Menschen von meinem Traum.

Das Nichts wippt mit dem übergeschlagenen Bein.

SELBSTMÖRDER Interessiert dich nicht, wie?

DAS NICHTS Doch. Ich bewundere dich. Alle Welt bewundert dich.

SELBSTMÖRDER Ich war die meiste Zeit von Speichelleckern umgeben, die sich bei näherem Hinsehen als Sadisten entpuppten. Davon habe ich genug. Von den ›kleinen menschlichen Schwächen‹, die man so gerne entschuldigt – ich entschuldige sie nicht!

DAS NICHTS Man darf nicht so streng sein. Man muß immer Kompromisse machen, sonst kommt man mit niemandem aus.

SELBSTMÖRDER Ich möchte wirklich wissen, worin die Erlösung vom Leben besteht, wenn ich hier dieselben Phrasen aufgetischt bekomme wie drüben.

DAS NICHTS Du polterst immer noch deine Empörung gegen den Himmel. Du brauchst nicht mehr nach oben zu gucken. Hier gibt's nur mich. Nichts davor und nichts dahinter. Nichts drüber, nichts drunter. Auch hier kommt niemand mit dem Kopf durch die Wand. Der einzige Unterschied ist der, daß man es hier unendlich viele Male versuchen kann, während drüben –

SELBSTMÖRDER Es muß doch irgend etwas geben, womit wir beide uns beschäftigen können, ohne uns andauernd auf die Nerven zu gehen!

DAS NICHTS Tja. Was gibt es hier sonst? ... Ich meine, es gibt hier im Prinzip nichts anderes, als sich ein bißchen zu unterhalten. Essen, Schlafen, Träumen – fällt alles weg. Was soll man groß tun? Man redet eben miteinander. Ist ja nicht das Schlimmste.

SELBSTMÖRDER Die Hölle ist es! Die Hölle!

DAS NICHTS Natürlich, natürlich.

SELBSTMÖRDER Und du wirst mich keinen Augenblick allein lassen?

DAS NICHTS Das kann ich nicht. Das gibt mein Naturell nicht her.

Selbstmörder Also reden wir. Reden wir und reden. Reden wir bis zum Gehtnichtmehr.

Das Nichts Gibt's hier nicht.

Selbstmörder Dann eben bis zum Wahnsinn!

Das Nichts Also wir haben hier eigentlich nur das Immergleiche. Das ist praktisch alles, was ich dir anbieten kann. Wahnsinn und dieser andere Sinn, wie heißt er gleich, der Hm, hm, hm-Sinn.

Selbstmörder Eigensinn?

Das Nichts Nein.

Selbstmörder Frohsinn, Spürsinn, Scharfsinn, Feinsinn, Leichtsinn, Trübsinn, Gemeinsinn.

Das Nichts Nein, nein. Wahnsinn und – na, komm jetzt nicht drauf. Also das hält sich alles hier nicht auf Dauer. Dafür haben wir einfach nicht das richtige Klima. *Findet das Wort* Größenwahn! Wahnsinn und Größenwahn. Wie gesagt, hält sich hier nicht. Na, das ging ja noch. Kann 'ne halbe Ewigkeit dauern, wenn einem hier mal ein Wort fehlt und man kommt nicht drauf, 'ne halbe Ewigkeit manchmal.

Hochzeitsabend

Sie sitzt betrübt in ihrem Brautkleid im Sessel. Er hat den Anzugkragen hochgeschlagen und tanzt ein wenig vor ihr, um sie aufzuheitern. Über den Türen hängt eine blaßgrüne Papiergirlande.

Sie Heiterer Abend.

Er Hochzeitstango!

Sie Hochzeit! Kein Mensch. Keine Menschenseele weit und breit.

ER Ja. Das ist doch typisch für uns. Glücklich bis zum Gehtnichtmehr und dann vergessen, jemanden einzuladen.

SIE Es ist an jedem Geburtstag lustiger gewesen. Und die sind jedes Jahr!

ER Du hast ja bald wieder einen.

SIE Keine Eltern, keine Freunde, nicht ein einziger Gast. Warum hast du eigentlich niemanden eingeladen?

ER Ich kenne niemanden. Warum hast du niemanden eingeladen?

SIE Seitdem ich dich kenne, kenne ich ja auch niemanden mehr.

ER Das heißt aber doch: daß wir seit längerer Zeit voll und ganz mit uns selbst beschäftigt waren.

SIE Das heißt es, stimmt.

ER Tut es dir leid?

SIE Nein. Es tut mir nicht leid. Es macht mir auch nichts aus. Falls du das meinst. Ich stehe bloß vor einem Rätsel.

ER *streift mit der Hand über die Girlande.* Ja, was wird das sein? Hängt an der Wand und raschelt leise.

SIE Ein Rätsel ist es mir, daß nicht eine einzige Blume, nicht ein einziges Telegramm, nicht ein einziger Brief angekommen sind. Haben wir denn wirklich gar niemandem gesagt, daß heute Hochzeit ist?

ER Ich habe es niemandem gesagt. Denn ich kenne niemanden.

SIE Daß absolut keiner kommt, das steht auf einem anderen Blatt. Das kann natürlich an uns liegen. Weil wir uns von allen und jedem losgesagt haben.

ER Und weil wir so glücklich waren, daß es den vormaligen Bekannten ein ständiger Dorn im Auge sein mußte.

Sie Aber daß uns niemand was schickt, ist mir ein Rätsel! Hast du vielleicht etwas verschwinden lassen?

Er Ich? Es ist doch gar nichts angekommen. Im Grunde, weißt du, im Grunde ist das doch nur zu typisch für uns. Absolut glücklich und wenn es dann zum Höhepunkt, zum eigentlichen Festtag kommt, blöd dastehen und den Herrgott einen guten Mann sein lassen.

Sie Ein Festtag! Genau. Daß gewisse Bekannte nicht da sind, kratzt nicht weiter. Aber ein Fest hätte es schon sein dürfen! Da kann ich uns einen leisen Vorwurf nicht ersparen.

Er Das einzige, was ich noch tun könnte, wäre ein paar Unbekannte von der Straße hereinbitten.

Sie Unbekannte sind selten festlich gestimmt. Die stehen nur dumm herum und glotzen einen an. Das kennt man doch schon von der Straße her.

Er Sobald sie einmal im Haus sind, benehmen sie sich vielleicht nicht mehr ganz so schlimm wie Unbekannte draußen. Ich würde mir zutrauen, sie kurzerhand in eine festliche Stimmung zu versetzen.

Sie Mutest du dir nicht ein bißchen zuviel zu? Du hast dich doch seit Jahr und Tag mit keinem Unbekannten mehr abgegeben.

Er Das stimmt. Ich bin nicht in der Übung, wenn du das meinst. Aber ich habe es in meinem Leben natürlich schon mit vielen Unbekannten zu tun gehabt. Ich habe nicht die schlechtesten Erfahrungen mit ihnen gemacht. Und weiß, wie man sie richtig anpackt.

Sie Irgendwie verstehe ich es trotzdem nicht. Daß aber auch gar kein Anruf kommt. Sieh doch mal nach, ob die Leitung tot ist.

ER *nimmt den Hörer vom Telefon.* Leitung ist nicht tot. Quicklebendig.

SIE Hm. Oder haben wir uns vielleicht im Tag geirrt?

ER Im Hochzeitstag? Wir doch nicht. Die anderen vielleicht. Wir haben doch ganz einfach an dem Tag geheiratet, an dem wir schon immer heiraten wollten.

SIE Nämlich am wievielten?

ER Die Trauung war für heute bestellt und wir sind heute getraut worden.

SIE Heute! Heute! Am wievielten? In der Kirche hing kein Kalender. Der Pfarrer traut, wen er zu Gesicht bekommt. Jeden, der ihm den Finger hinstreckt.

ER Wir wollten am 30. September heiraten und das haben wir getan.

SIE Ist das heute?

ER Tja ... na ja.

SIE Was für ein Wochentag?

ER Das müßte eigentlich ein Samstag sein.

SIE Ist heute Samstag?

ER Hör zu: Ich war gestern beim Friseur. Dort sagte jemand: Es ist Freitag. Danach habe ich mich gerichtet. Und ich sagte: Ich heirate am Wochenende. Darauf ein Riesenhallo unter allen Hauben. Scheren- und Messergeklapper. Na, wer ist denn die Glückliche? Darf man fragen, wohin die Hochzeitsreise geht ...

SIE Am Wochenende ... am Wochenende. Da liegt der Hund begraben! Das sind nämlich zwei Tage. Und heute ist Sonntag, mein Herr Gemahl. Wir sind nämlich am Sonntag getraut worden.

ER Woher weißt du das?

SIE Weil keiner anruft. Alle Welt glaubt doch, wir hätten am Samstag geheiratet, wie's in deinem Kalender steht, und am Sonntag ab in den Honeymoon.

ER Aber gestern hat doch auch keiner angerufen.

SIE Gestern, an d e i n e m Hochzeitstag, hast du beim Friseur gesessen. Und ich war noch nicht eingezogen, wie es sich gehört. Gestern haben sie alle, alle angerufen!

ER Es sitzt ein Mann neben dir und sagt laut und vernehmlich, es ist Freitag heute und das war gestern!

SIE Und du glaubst einem hergelaufenen Friseurkunden das Datum? Diese Leute können das Wochenende im einzelnen gar nicht mehr auseinanderhalten. Freitag, Samstag, Sonntag, ein einziger Freizeitbrei.

ER Meinetwegen. Dann haben wir eben einen Tag zu spät geheiratet.

SIE Zu spät?

ER Später als vorgesehen. Das ist doch kein Beinbruch.

SIE Und wie hat das passieren können?

ER Weil wir die ganze Zeit glücklich waren. Vergiß das nicht!

SIE Erstens das. Und zweitens, weil sich der große Schlendrian breitgemacht hat.

ER Aber der große Schlendrian, wenn du ihn schon beim Namen nennst, der hat sich doch nur breitmachen können, weil wir eben unentwegt glücklich waren.

SIE Dafür hat er uns jetzt ganz schön am Schlafittchen. Dafür hat er uns jetzt diesen vollkommen ausgestorbenen Hochzeitsabend beschert. Ohne Blumen. Ohne Gratulation. Ohne Anrufe. Von Gästen ganz zu schweigen.

Er Weißt du, wenn es dir so langweilig ist, warum rufst du nicht jemanden an und läßt dir gratulieren?

Sie Ich? Jemanden anrufen? An meinem Hochzeitstag? Also wenn es in meinem Leben einen Tag gibt, an dem ich einmal die Angerufene sein möchte, dann doch wohl heute. Oder gestern. Wo ich aber – dank seiner! – noch gar nicht verheiratet war und alle Anrufe und telefonischen Glückwünsche an meiner keuschen Abwesenheit abgeprallt sind.

Er Du glaubst also wirklich, daß er es ist, der alle Leute von uns fernhält?

Sie Wer?

Er Der große Schlendrian ...

Sie Ja. Daran glaube ich.

Er Hättest du noch Eltern, dann brauchten wir jetzt nicht auf einen Anruf zu warten.

Sie Du willst mir doch nicht vorwerfen, daß meine Eltern nicht mehr am Leben sind?

Er Nichts werfe ich dir vor. Ich habe ja selbst keine mehr.

Sie Daß wir beide Waisen sind, wußten wir vor unserer Heirat. Daran kannst du jetzt nicht herummäkeln.

Er Im Gegenteil. Gerade als beiderseitige Vollwaisen sind wir ja Schritt für Schritt auf eine Heirat zumarschiert. Im vollen Bewußtsein, keine Eltern mehr zu haben, sind wir letzten Endes so überglücklich geworden.

Sie Dann beklag dich nicht. Wir sind verheiratet, und es ist irgendwie verletzend, sich jetzt noch gegenseitig eine Vollwaise zu nennen.

Er Trotzdem sind Eltern ein eiserner Bestandteil eines solchen Tages, dessen Fehlen sich eben deutlich bemerkbar macht.

SIE Nur weil man auf Gottes schöner weiter Welt sonst niemanden mehr kennt und weil man, wenn man sich fragt, wen man zur Hochzeit einlädt, letzten Endes immer wieder auf seine armen toten Eltern stößt! Du selbst hast dir ja auch nicht gerade ein Bein ausgerissen, um deine Braut feierlich in deinem Haus zu empfangen. Von dir aus steht auch keine Blume hier. Keine Musik. Keine festlich geschmückte Tafel. Kein gar nichts.

ER Du vergißt permanent, daß wir einfach zu glücklich waren – und ich wahrscheinlich in vorderster Linie –, um an dererlei Realitäten überhaupt nur zu denken. Immerhin habe ich mich noch zusammengerissen und diese Girlande aufgehängt. Aber das findet ja weiter keine Beachtung.

SIE Diese Girlande hast du aufgehängt?

ER Diese Girlande habe ich aufgehängt, ja.

SIE Und du glaubst, diese Girlande sehe ich heute zum ersten Mal?

ER Eine solche oder ähnliche Girlande, eine Girlande an sich wirst du wohl schon öfter gesehen haben.

SIE Diese Girlande hast du bereits aufgehängt, als ich meinen ersten Cognac bei dir trank.

ER So? Kann mich nicht erinnern.

SIE Diese Girlande hängst du in schöner Regelmäßigkeit jedesmal auf, wenn dir danach zumute ist. Bei jeder nur annähernd besonderen Gelegenheit.

ER Annähernd besondere Gelegenheiten, die mich zum Aufhängen der Girlande hätten ermuntern können, kann ich in meinem Leben an fünf Fingern abzählen. Meine Geburt, Tod der Eltern, unser Hochzeitstag. Und meinetwegen der erste Cognac, den du bei mir trankst.

Sie Jedenfalls von etwas Einmaligem zeugt diese Girlande nicht.

Er Einmalig wäre es, wenn ich sie augenblicklich herunterrisse.

Sie Nein. Tu das nicht.

Er Ich kann sie nicht mehr sehen ...

Sie Du hast sie über. Verständlich.

Er Eine Girlande, die man derart in Zweifel zieht, ist in meinen Augen bereits ein Trauerflor. Runter damit!

Sie Nein! Nicht! Sonst haben wir überhaupt keinen Festtagsschmuck mehr. Man kann schließlich das Einmalige an ihr auch darin sehen, daß sie heute genauso wie damals dort hängt, als einzigartige Erinnerung an unser erstes gemeinsames Glas, das ja nicht ganz unschuldig ist an diesem heutigen Tag.

Er Ich muß dir gestehen, ich kann mich einer bis aufs Mark ihres verfehlten Dahängens durchschauten Girlande weder durch die Hintertür von Sentimentalitäten noch auf den Krücken eines mitleidigen Kompromisses wieder nähern – diese Girlande wird nie wieder das, was sie einmal war.

Sie Wir doch auch nicht, Lieber ...

Er Was soll das heißen? Ich dächte, wir stehen an der Schwelle zu einer umfassenden Lebensgemeinschaft. Ich laß mir doch von einer schlappen Girlande keine symbolische Bedeutung aufdrängen. Wenn dich diese Girlande lediglich an diese selbe Girlande erinnert, so wie sie angeblich zu einem gegebenen Zeitpunkt schon einmal dort hing, dann hat sie ihren heutigen Zweck, nämlich ein frohes Signal für eine nie dagewesene gemeinsame Zukunft zu geben, gründlich verfehlt. Aber gründlich!

Sie Ach, die arme Girlande! Wie unglücklich sie jetzt

erst dahängt! Wenn man sie sieht und dich reden hört, könnte man denken, der Haussegen hängt schief.

ER Ich möchte dich bitten, nicht weiter auf ihre scheinheiligen Provokationen einzugehen. Es fällt ihr nur zu leicht, durch die schamlose Zurschaustellung ihres Elends noch Pluspunkte für sich zu machen. Sie ist immer noch imstande, ein paar leicht verführbare Anhänger ihrer verflossenen Symbolik zu finden.

SIE Du bist aber sonderbar streng mit mir heute abend. Solche Töne kenne ich gar nicht von dir.

ER Na, wenn ich –! Ach, dieses Biest!

SIE Wenn du dich schon über eine harmlose Girlande so aufregst, was wirst du erst zu Selma, meiner Schildkröte, sagen, die bring ich schließlich mit ins Haus.

ER Aber die Selma, die liebe ich doch!

SIE Du hast es ja noch nicht erlebt, wenn du morgens verschlafen beim Rasieren stehst und dir kriecht so etwas über die nackten Füße. Da möchte ich dich mal hören!

ER Du mußt doch zugeben: Es besteht ein tiefer Graben zwischen einer Girlande, die sich am Hochzeitstag mit all ihrem Für und Wider wie eine Boa constrictor um zwei angetraute Menschen schlingt, und einer niedlichen Schildkröte, die einem Mann am Waschbecken zart über die Zehen krabbelt.

SIE Ja, natürlich. Du hast recht.
Ich frag mich nur, wie Selma und s i e miteinander auskommen werden.

ER S i e? Das fragst du dich ... im Ernst?

SIE Das frag ich mich ganz im Ernst.

Bürolärm. Angestellte kreuzen von einer Tür zur anderen.

Idole

Der Mann allein auf der Bühne. Aus einer Tür tritt Das Mädchen.

DAS MÄDCHEN Ah! Du bist es!
DER MANN Ich? Nein ... wieso?
DAS MÄDCHEN Ich kenne dich doch.
DER MANN Höchstens aus dem Fernsehen. Ich war mal Kandidat beim Thomas Schwarze.
DAS MÄDCHEN *geht in der Innenrunde der Türen. Außen folgt ihr von Scheibe zu Scheibe der Schatten eines Mannes.* Man kann hier einfach keinen Schritt gehen, ohne an Burning Tears zu denken. Es ist eine Tatsache, daß wir alle heillos wie in Raining March herumlaufen. Ausgepumpt und hochaktiv, die reinste Dick Mobby Show. Und was die weitere Aussicht betrifft, ich würde sagen: Peggy Horn, damit ist im Grunde alles gesagt. Ist doch getürkt, das Ganze hier, oder? Läuft irgendwie alles nach dem Motto Falstaff meets Doktor Sauerbruch, wenn ich's richtig verstehe. Ich meine, das klingt jetzt ein bißchen wie Stokely Nightmare, ist aber trotzdem wahr. Die meisten von uns halten sich eben für Samuel Hotchkins und sind in Wirklichkeit doch nur ein mieser kleiner Nick McBone. Wenn sie bloß ein bißchen mehr Liza Battlestrong in den Adern hätten, würde man sie nicht auf den ersten Blick für eine Untergattung der Flower Broker halten. Na ja, kann sich wahrscheinlich nicht jeder so unendlich klar wie Lou in the Sun ausdrücken ...

Eine Tür geht auf. Ein Junger Mann im Overall erscheint im Gegenlicht und lehnt auffordernd im Rahmen.

DAS MÄDCHEN *leise zum Mann* Hol mich hier raus! ... Hilf mir! Ich bin in Wirklichkeit eine kluge Person. Eine Verfasserin von Briefen. Ich kann kartenlesen ...

Sie verschwindet in der Tür, die der Junge Mann aufhält. Dunkel. Musikeinsatz ›Talking Heads‹. Wenn es wieder hell wird, sitzen Das Mädchen mit einer TWA-Tasche und Der Mann nebeneinander auf einer Parkbank in der Mitte der Bühne.

DER MANN Wie bist du denn an diesen Kerl geraten?

DAS MÄDCHEN Der Mark, der war mal der Leibfotograf des Drummers von Talking Heads. Kommt sprichwörtlich direkt vom Hof der Könige. Anfangs war's die ganz große Liebe, aber dann war er versucht, etwas aus mir zu entwickeln. Ich war ja noch viel zu jung und hab alles mit mir machen lassen. Der hat auch mein ganzes Geld angelegt. Ich hab Aktien von Siemens und Daimler. Muß mich mal erkundigen, wie ich da jetzt rankomme. Nee. Nie wieder. So eine Schinderei wie das! Das kam eben nur, weil mein Freund, der Andreas, ist mir plötzlich verschwunden. Das ist mir früher schon mal passiert. Plötzlich fahren sie irgendwohin, mit irgendwem, und man findet sie nie wieder. Meine Freundin hat zum Beispiel ein Kind mit einem Ägypter. Fünf Jahre blieb er bei ihr und hat sich gekümmert. Und dann eines Tages war er fort. Hat nichts mehr von sich hören lassen. Sie hat ihn überall gesucht, Kairo und in seinem Heimatdorf, Anzeige aufgegeben, Polizei eingeschaltet, pipapo, nichts. Einen Ägypter kriegen Sie sowieso nie wieder.

DER MANN Was machen wir jetzt?

DAS MÄDCHEN Weiß nicht. Sagen Sie mal was. Haben Sie denn 'ne Ahnung vom Geldanlegen?

DER MANN Nein. Ich habe Sie eigentlich nur da rausholen wollen.

DAS MÄDCHEN Na klar. Jetzt kann ich ja sehen, wo ich bleibe.

DER MANN Wie alt bist du?

DAS MÄDCHEN Neunzehn.

DER MANN Und deine Eltern?

DAS MÄDCHEN Die sind nicht daran interessiert, was ich mache. Du hast mir das Leben gerettet.

DER MANN Übertreib mal nicht.

DAS MÄDCHEN Ehrlich, doch. Ich wär glatt verreckt da drin.

DER MANN Ich muß nach Hause. Meine Frau wartet auf mich.

DAS MÄDCHEN Warum gehen wir nicht in ein Hotel. Ich möchte mich irgendwie bedanken bei dir.

Lichtwechsel. Alle Türen auf. Geräusche und Gemurmel einer Abendgesellschaft im Hintergrund. Es wird wieder hell, und die Parkbank, auf der eben noch Der Mann und Das Mädchen saßen, ist nun ausgezogen: Es sitzen mindestens acht weitere Personen darauf, z. T. in Theaterkostümen. Von links nach rechts: Die Frau, die beiden Dominikanermönche Bruder Johann und Bruder Ferdy, Das Mädchen, Colombine, Die Interviewerin, Die Zufriedene, Kaiser Julian, Der Mann, Der Leise.

Auf der langen Bank

DAS MÄDCHEN *zum vier Plätze entfernt sitzenden Mann* Zwei Nächte, ein Tag. Erste Nacht, erster Tag, zweite Nacht. Und jetzt? Schlechtes Gewissen, wie? Wär besser nicht passiert?

DER MANN Weiß nicht.

DAS MÄDCHEN Weißt du nicht. Hm. *Sie holt aus ihrer TWA-Tasche eine Flasche Wein, gießt sich in einen Pappbecher und trinkt.*

DER MANN Was heißt ›passiert‹?

DAS MÄDCHEN Eben.

BRUDER JOHANN *zeigt Bruder Ferdy ein Foto.* Das ist: wo wir aus der Hölle springen. Mächtige Schwefelsäule. Drachengeifer.

Bruder Ferdy sieht apathisch auf das Bild und gibt es weiter; es wandert durch die Reihe hin und zurück.

DER MANN *seufzt* Ach je.

DAS MÄDCHEN Seltsames Gefühl, wie?

DER MANN Tja. Seltsam.

DAS MÄDCHEN Mein Gott!

DER MANN Und du?

DAS MÄDCHEN Ich? Ich bin traurig. Richtig schön schwer traurig.

DER MANN Hm. Verstehe.

DAS MÄDCHEN Ach, das verstehst du? Gut, gut. *Sie trinkt.* Trotzdem. Danke. Es war wahnsinnig schön.

DER MANN Mein Gott! Warum ist das alles so kompliziert?

DAS MÄDCHEN Nein, wirklich: Danke! Ich hab so was noch nie erlebt. Ich bin – ich war dir sehr nah. Ich finde das gar nicht so kompliziert. Ich bin dir ganz furchtbar nah. Das ist doch sehr einfach, wie?

DER MANN Ja, schon.

DAS MÄDCHEN Aber?

DER MANN Du machst einen Menschen auch nicht glücklicher.

DAS MÄDCHEN Ja, war denn das nichts? Du!

DER MANN Psst! Nicht so laut.

DAS MÄDCHEN Waren das etwa sechsunddreißig verlorene Stunden? Sag mir!

BRUDER JOHANN Hier siehst du: Es ging steil hinab. Dort unten gurgeln die Trägen und die Analphabeten im Schlamm. Drumherum standen die Pferde mit den erloschenen Mond-Bläh-Augen … *Er gibt das Foto weiter.*

KAISER JULIAN Mich kann man noch ärgern mit solchen Bildern. Mich kann man damit noch in Wut versetzen. Ich bin einer der letzten, der mit solchen Abbildungen auf Kriegsfuß steht.

DIE INTERVIEWERIN *hält das Mikrofon der Zufriedenen unters Kinn.* Und Sie sind?

DIE ZUFRIEDENE Ich heiße Henriette Rombach, bin 29 Jahre alt, von Beruf Chemielaborantin, nicht verheiratet, lebe in einer Zweieinhalbzimmerwohnung im Haus meiner Eltern. Meine Hobbys sind Reisen, Tiere, Geschichte und wie man sieht, gehe ich gern ins Theater.

COLOMBINE *beugt sich zum Mikrofon.* Ich heiße Colombine, bin vierhundertdreizehn Jahre alt, ebenfalls unverheiratet. Ich liebe Strohhüte, Intrigen und klapperndes Teegeschirr.

DIE FRAU Ich frage dich, ich lasse nicht locker, ich frage: Was tust du? Was tust du mit mir?

DER MANN Ich will meines Wegs gehen. Was ist daran ein Verbrechen?

DIE FRAU Alles!

DIE INTERVIEWERIN Thema Geschichte. Kaiser Julian ...

KAISER JULIAN Geschichte? Nein. Nichts geschieht, alles ist.

DIE INTERVIEWERIN Aber die Menschheit hat sich doch seit den Tagen Ihrer Regentschaft gewaltig verändert –

KAISER JULIAN Menschen sollten nicht von Menschheit sprechen. Davon verstehen sie nun wirklich nichts. Was noch?

DIE INTERVIEWERIN *blättert in ihrem Block.* Ich ... Ich weiß nicht ... Ich habe nichts weiter notiert ...

KAISER JULIAN Was noch? Fragen! Fragen! Sonst kann ich nicht sprechen! Wollt ihr mich auf halbem Wege verdursten lassen?!

DIE INTERVIEWERIN Um Himmels willen, weiß denn niemand mehr den Kaiser Julian irgend etwas zu fragen?!

BRUDER JOHANN Wir könnten ihn einiges fragen. Es wäre uns ein leichtes. Wir denken aber nicht daran, es zu tun. Soll er doch auf glühendem Rost verschmoren, Heidenkaiser! Ungefragt auf alle Ewigkeit!

Kaiser Julian Alles Göttliche liegt über uns alle verstreut! Hört auf zu quälen, ihr Fotografierer!

Colombine Warum fragen Sie überhaupt, wenn Sie Genaueres gar nicht wissen wollen?

Die Interviewerin O bitte! ... ich frage und frage, um niemals antworten zu müssen.

Das Mädchen und andere Wer sind Sie? Wer sind Sie eigentlich?

Die Interviewerin Nein! Nicht! Nicht mich fragen! Nicht!

Der Leise Ich bin ein Mensch, der niemals an sich halten kann. Ein Energiebolzen. Ein geballtes Kraftpaket voll Wille und Vorstellung. Ich bin eine ganze stichelnde, gehässige Abendgesellschaft in einer Person.

Das Mädchen Du könntest dir wenigstens meine Telefonnummer aufschreiben.

Der Mann Ich habe nichts zum Schreiben dabei.

Sie holt einen Filzstift aus ihrer Tasche und reicht ihn durch die Reihe.

Das Mädchen Schreib sie dir aufs Handgelenk. Sieben sieben drei. Eins drei. Fünf acht.

Der Leise Hoffentlich hält's.

Colombine *zu Bruder Ferdy* Haben Sie eigentlich auch so eine Kunst-Heilige bei Ihren Heiligen? Ich meine so eine, der zeigst du ein Schmuckstück oder ein Kunstwerk, und wenn sie anfängt zu weinen, ist es echt. Weint sie nicht, ist's bloß Tinnef.

Die Interviewerin *zur Zufriedenen* Sie sagten vorhin, Sie leben allein?

Die Zufriedene O ja!

DIE INTERVIEWERIN Entschuldigen Sie, wenn ich da nachhake. Hat es sich nicht anders ergeben oder wollten Sie es so, wie es ist?

DIE ZUFRIEDENE Ich komme eben besser zurecht, wenn ich allein bin. Ich habe mehr vom Leben, wenn ich unabhängig bin.

DIE INTERVIEWERIN Aber immer ganz still am Abend, kein Wort mit irgendwem?

DIE ZUFRIEDENE Oh, ich kann mit allen Dingen sprechen und alle Dinge mögen mich. Ich bin nicht ungeschickt, ich mache nichts kaputt. Ich habe noch nie eine Vase fallen lassen oder einen Teller. Es ist mir eigentlich noch nie etwas kaputtgegangen. Ich bin glücklich – nein, ich bin sehr zufrieden. Das ist es wohl. Wenn ich glücklich wäre, dann würde mir bestimmt manchmal etwas hinfallen.

DER MANN Ist es hart für dich jetzt?

DIE FRAU Wie fragst du?!

DER MANN Nur so.

BRUDER FERDY Das kann doch nicht alles gewesen sein ...

BRUDER JOHANN *sieht unruhig die Bilder durch.* Nicht alles? Was denn noch? Was willst du noch sehen? Hier, bitte, das besessene Pferd, die zerrissenen Vögel, die giftgelben Philosophen, die zerflossenen Augen, was denn noch? Hier stürzen die Türme. Hier die Stunde Null.

Dunkel

Zwei zusätzliche Szenen für die Stockholmer Fassung von Sieben Türen

Die Ledertasche

für Luc Bondy

In einer Lederwarenboutique am Rande einer belebten Einkaufspassage. Drei Kundinnen, die einander zuschmunzeln, während der Verkäufer hinter dem Tisch in einem Abstieg zum Kellerlager verschwindet und von unten heraufspricht.
Zwei Polizistinnen stehen als Wachdienst gerade und ungerührt rechter- und linkerseits des Tischs. Sie tragen weiße Blusen, Käppis, dreiviertellange Röcke und einen Revolvergürtel um die Hüfte geschnallt. Sie lächeln und suchen sich mit den Augen, ohne die Haltung zu verändern.

DER VERKÄUFER Sie wollen medium, es gibt aber nur noch small ... Ich bin noch ganz verwirrt. Eben der Anruf, meine Freundin kommt in die Wehen, morgen kriegt sie ein Kind. Und mein Kollege, der mich vertreten soll, will ins Theater! Small, ich habe nur noch die kleine Taschengröße. Small, alles small. Verdammt nochmal! Ein Kind ist schließlich wichtiger als ein Theaterstück. Ich verstehe das nicht, wie kann man nur so unkollegial sein? Eine verdammte Unordnung herrscht hier unten! Sie kennen mein Leben nicht! Sonst wüßten Sie, woran ich arbeite wie ein Besessener! Seitdem ich von zu Hause weg bin, seit frühester Jugend, im Grunde seit dem ersten Gedanken, den ich überhaupt gefaßt habe – ist mir alles gegeneinander in die Quere gekommen. Sortiere, sortiere!, ruf ich mir zu, wo ich geh und steh, sortiere, sortiere!, das ist mein Daseinsruf!

Er kommt aus dem Abstieg hervor.

Nehmen Sie das Ausstellungsstück, die Tasche dort im Regal, die ist medium, ich fette sie ein, dann ist sie wie neu. Sie alle drei wollen die gleiche Tasche? Wer war zuerst da?

ZWEITE KUNDIN Die Dame, die zuerst da war, hat die Tasche erst gewollt, nachdem ich mich für sie interessierte.

DRITTE KUNDIN Und ich war gestern bereits hier, als ihr Kollege im Laden war, und hatte mich so gut wie entschieden für die Tasche.

ERSTE KUNDIN Aber Sie haben sie nicht für sich reservieren lassen!

DRITTE KUNDIN Das konnte ich nicht. Denn ich wollte es mir noch einmal überlegen, ich wollte noch einmal darüber schlafen, wie ich es praktisch vor jeder Anschaffung tue. Der kleinsten wie der größten.

DER VERKÄUFER *zur Ersten Polizistin* Wer hat nun ein Anrecht auf die Tasche?

ERSTE POLIZISTIN Das können wir nicht entscheiden.

ZWEITE POLIZISTIN Wir sind Ordnungshüterinnen und keine Rechtssprecherinnen.

DER VERKÄUFER Das heißt: wenn ich die Tasche an die meistbietende Dame verkaufe, würden Sie einschreiten?

ZWEITE POLIZISTIN Auf der Stelle.

ERSTE POLIZISTIN Wir müßten Sie anzeigen.

DER VERKÄUFER Keine der Damen möchte sich mit der kleineren Ausführung desselben Modells zufriedengeben, von denen ich ein halbes Dutzend zur Verfügung hätte. Keine der drei Damen hat sich aber bis jetzt für das verstaubte Ausstellungsstück mit den Gerbfehlern entscheiden können. Wie soll es weitergehen?

DRITTE KUNDIN Ich würde es nehmen mit Nachlaß!

ERSTE KUNDIN Ich auch!

ZWEITE KUNDIN Ich nehme es so.

DER VERKÄUFER *zu den Polizistinnen* Was soll ich tun?

ZWEITE POLIZISTIN Geben Sie es der Dame, die es nimmt, wie es ist.

ERSTE POLIZISTIN Das hättest du nicht sagen dürfen! ...

DER VERKÄUFER *zur Zweiten Kundin* Gut, nehmen Sie es, und die Sache ist ausgestanden.

ERSTE KUNDIN *zur Zweiten Kundin* Ich gratuliere. Sie haben mich um das schönste Geburtstagsgeschenk für meine gelähmte Tochter gebracht.

DRITTE KUNDIN Ich fasse sehr schwer einen festen Entschluß. Das ist mir geblieben von einer Nervenkrise, die ich einmal hatte. Ich dachte, ich könnte bei dieser Tasche damit beginnen, meine Entschlüsse wieder etwas fester zu fassen. Jetzt haben Sie mich um Jahre zurückgeworfen.

ZWEITE KUNDIN Also gut. Ich verzichte. Ich nehme sie auch nur mit Nachlaß.

DER VERKÄUFER Ich gebe keinen Nachlaß. Niemandem von Ihnen wird ein Nachlaß gewährt. Ich könnte es gar nicht verantworten. Ich vertrete hier irgendeinen Geschäftsinhaber, den ich persönlich gar nicht kenne. *Zu den Polizistinnen* Kennen Sie ihn eigentlich?

ZWEITE POLIZISTIN Natürlich kennen wir ihn.

ERSTE POLIZISTIN Ja, ein freundlicher Mann.

DER VERKÄUFER Würde er etwas dagegen haben, wenn ich Nachlaß gewähre?

ERSTE POLIZISTIN Darüber dürfen wir keine Auskunft geben.

ZWEITE POLIZISTIN Das wissen Sie doch.

DER VERKÄUFER Sehen Sie, meine Damen, mit diesen schönen Schutzengeln verbringe ich nun meine Tage und kann ihnen doch, wenn's drauf ankommt, keinen nützlichen Ratschlag entlocken. Etwa einen solchen, der zur Verhütung einer strafbaren Handlung diente. Sie schreiten erst ein, wenn es schon zu spät ist.

ZWEITE KUNDIN Warten wir. Wir werden von selbst zu einer Lösung finden.

ERSTE KUNDIN Ja. Warten wir. Lassen wir die Situation auf uns einwirken.

DRITTE KUNDIN Prüfen wir unsere echten Wünsche.

ERSTE KUNDIN Und Träume.

DER VERKÄUFER Ich sehe inzwischen noch einmal genau im Lager nach …

ZWEITE KUNDIN Sie wollen verschwinden, Sie wollen ab durch den Keller zu Ihrer Freundin, die in den Wehen liegt!

ZWEITE POLIZISTIN Das kann er nicht!

ERSTE POLIZISTIN Der Keller hat keinen Ausgang.

ERSTE KUNDIN Bleiben Sie doch in Ruhe hier. Lassen Sie uns ganz ruhig bleiben.

DRITTE KUNDIN Es wird mein schönster Einkauf. Ganz ohne Eile, ohne Hast.

Zweite Kundin Und ohne Ware. Möglicherweise. Wenn Sie die Tasche nicht kriegen sollten.

Dritte Kundin Nun gut. Aber auch dann ist es ein lohnendes Stündchen gewesen.

Zweite Kundin *zur Ersten Kundin* Warum wollen Sie die Tasche eigentlich?

Erste Kundin Ich will sie nur, weil Sie sie wollen. Das haben Sie bereits messerscharf erkannt.

Zweite Kundin Ist das eine besondere Beziehung, die Sie zu mir aufbauen über die Tasche, also ich meine, ein Trieb?

Erste Kundin Ja, ein Trieb.

Zweite Kundin Ach so.

Zweite Polizistin Mir ist etwas eingefallen. Ich wüßte, wie –

Erste Polizistin Kätzchen, bitte halte den Mund!

Erste Kundin Der Verkäufer ist verschwunden.

Zweite Kundin Er grämt sich im Keller.

Dritte Kundin Er wartet auch nur, bis ihm etwas einfällt.

Erste Kundin Jemand müßte ihn morgen vertreten, wenn sein Kind zur Welt kommt.

Zweite Kundin Sein Kind? Ein Kind. Seine Freundin bekommt ein Kind, hat er gesagt. Nicht seine Frau und nicht sein Kind, sagte er.

Erste Kundin Ich könnte mir vorstellen, daß mir nichts mehr an der Tasche läge, wenn ich sie vom Platz des Verkäufers aus einen ganzen Tag lang vor der Nase hätte. Ich würde sie vermutlich ohne feuchte Wimpern an eine von Ihnen beiden verkaufen.

Zweite Kundin Die Ware ändert ihr Gesicht, wenn man sie vom Platz des Verkäufers betrachtet. Das ist richtig. Aber ich würde doch versuchen, sie zum Nettoladenpreis mit nach Hause zu nehmen.

ERSTE KUNDIN Sie würden den Verkäufer in seiner Schwierigkeit nur vertreten, um die Tasche noch billiger zu bekommen?!

DRITTE KUNDIN Wenn ich den Verkäufer vertreten würde, damit er sich um die Geburt eines ihm nahestehenden Kindes kümmert, dann würde ich sofort den Preis der Tasche heraufsetzen, so daß für mich gar nicht mehr dran zu denken ist.

ZWEITE POLIZISTIN Ich muß es sagen, ich muß. Ich weiß doch, wie! ...

ERSTE POLIZISTIN Willst du deinen Posten verlieren? Willst du deine hübsche kleine Stelle verlieren, Kätzchen?

Der Verkäufer kommt aus dem Abstieg heraus.

DER VERKÄUFER Ich habe noch eine large gefunden. Ist jemand daran interessiert?

Ausrufe von Zweiter Polizistin und Kundinnen ›Ach!‹, ›Oje!‹

ZWEITE KUNDIN Die käme ja wohl nur für eine von uns in Frage.

ERSTE KUNDIN Und wen bitte?

ZWEITE KUNDIN Immer, wer fragt.

ERSTE KUNDIN Tragen Sie die mal, wenn sie voll ist!

ZWEITE KUNDIN Machen wir uns nichts vor: die dicke Tasche wird es nicht werden.

DRITTE KUNDIN Ich liebe es, keine Lösung zu finden. Alles bleibt in der Schwebe. Ein angenehmes Gefühl.

Der Verkäufer wirft die große Tasche nach unten.

ZWEITE KUNDIN Der Tag vergeht, der Ladenschluß rückt näher, und morgen sind wir wieder da.

Der Verkäufer Morgen?

Zweite Kundin Was würden Sie sagen: wir kommen morgen her und vertreten Sie, damit Sie Ihrer Freundin bei den Geburtswehen beistehen können? Wir werden uns einen ganzen Tag lang die Tasche einmal aus Ihrer Perspektive ansehen.

Dritte Kundin Sie haben doch sicherlich nicht das geringste Interesse an ihr, an dem Ding?

Der Verkäufer Ich persönlich nicht, nein. Aber es muß schon was dran sein an dem Ding, meine Freundin z. B. –

Zweite Polizistin Ja! Ja! Ja!

Erste Polizistin *stampft mit dem Fuß auf.* Liebling!

Zweite Polizistin Aber seine Freundin wollte sie doch so gerne haben! Wie oft ist sie hergekommen, hat die Tasche angehimmelt, hat sie gestreichelt, in den Arm genommen, aber Sie haben es nicht bemerkt, Sie sind immer so hart gewesen zu ihr wegen des Kinds, und jetzt schenken Sie ihr die Tasche, schenken Sie ihr endlich die wunderschöne Tasche, ich bitte Sie, die Gelegenheit ist da: ein Kind kommt zur Welt!

Erste Polizistin *geht zur Zweiten Polizistin.* Bitte, gib mir deine Waffe und deinen Ausweis.

Die Sache ist entschieden. Sie können gehen, meine Damen. Der Verkäufer kauft die Tasche als Geschenk für seine Freundin zum Nettoladenpreis. Der Wachdienst wird umbesetzt. Das Geschäft bleibt morgen geschlossen ... Haben Sie das gewollt? Ich frage Sie: haben Sie das gewollt?

Die Kundinnen wenden sich ab und verlassen betrübt den Laden.

Jeannine

Zwei Männer, Vertreter entgegengesetzter Verhandlungsdelegationen, spazieren in der Mittagspause durch eine Parkanlage.

ERSTER MANN *holt ein Foto aus seiner Brieftasche.* Sehen Sie, das ist meine Tochter Jeannine.

ZWEITER MANN Ich kann aber nichts erkennen auf dem Foto.

ERSTER MANN Wie? Aber Sie sehen doch: die Kleine da ist meine Kleine.

ZWEITER MANN Ich sehe nichts.

ERSTER MANN *nimmt das Foto wieder an sich.* Geben Sie her. Was für eine Rohheit muß ein Mensch besitzen, der sich so schlecht benimmt.

ZWEITER MANN Sie zeigen mir ein Foto, auf dem ganz und gar nichts zu sehen ist.

ERSTER MANN Wollen Sie mich zum Narren halten? Dies hier ist mein geliebtes Kind. Das sehen Sie doch wohl.

ZWEITER MANN Es ist nicht einmal in Umrissen zu erkennen.

ERSTER MANN *holt ein anderes Foto aus der Brieftasche.* Und was ist das?

ZWEITER MANN Das ist das Empire State Building.

ERSTER MANN Aha. Blind sind Sie also nicht.
Ich frage mich wirklich, weshalb ich ausgerechnet mit Ihnen durch diesen Park gehe.

ZWEITER MANN Sie werden schon Ihre Gründe haben.
ERSTER MANN Und welche, bitte sehr?
ZWEITER MANN Es ist eine Verhandlungspause und Sie wollen vermutlich die Gelegenheit nutzen, mir, einem Mann von der Gegenseite, von Mensch zu Mensch zu begegnen. Das ist ganz normal.
ERSTER MANN Was Sie von einer solchen Geste halten, haben Sie mich deutlich spüren lassen.
ZWEITER MANN Wenn Sie mir ein schwarzes Foto, kohlrabenschwarz, unter die Nase halten, dürfen Sie sich nicht wundern, wenn ich nicht auf Sie zukomme.
ERSTER MANN Hören Sie auf! Sie zermürben mich. Gehört das neuerdings auch zur Verhandlungstaktik Ihrer Leute, wie?
ZWEITER MANN Ich möchte nicht wissen, was Sie anstellen würden, wenn jemand von uns auf den unterschwelligen Trick verfiele, Ihnen ein Schwarzfoto zu zeigen und es für das Liebste, was er hat auf der Welt, auszugeben. Sie, die ohnehin unentwegt behaupten, wir hätten keinerlei Augenmaß und überhaupt keine Augen im Kopf!
ERSTER MANN Herr Siel, ich schwöre Ihnen: ich sehe mein Kind!
ZWEITER MANN Sicherlich. Das entspricht ja Ihrer Haltung, die Sie auch am Verhandlungstisch an den Tag legen. Sie gehen von Einbildungen aus statt von Tatsachen.
ERSTER MANN Aber Sie sind es doch, der hier den Tatbestand meiner Tochter von der Hand weisen will, glattweg leugnet.
ZWEITER MANN Hören Sie, Fenn, nutzen wir die Verhandlungspause. Gehen wir, schnuppern wir ein

bißchen frische Luft, und bitte, zeigen Sie mir ein vernünftiges Foto von Ihrer Tochter.

Erster Mann Warten Sie. Ich muß noch ein anderes bei mir haben. Ja, hier ist es … Da ist sie noch sehr klein, ich meine, fast noch ein Baby … Nein! Ich zeige es Ihnen nicht.

Zweiter Mann Her damit!

Erster Mann Bitte, zerreißen Sie es nicht! Zerreißen Sie es nicht. Es ist nicht allzuviel zu erkennen darauf, etwas nachgedunkelt, und sie war noch so klein …

Zweiter Mann *reicht nach einem flüchtigen Blick das Foto zurück.*

Erster Mann Wie? Was meinen Sie? Ich sage Ihnen doch, es ist ein viel schlechteres Foto als das andere … aber in Umrissen, in Umrissen werden Sie das Kind doch wohl erkennen, nicht wahr?

Zweiter Mann Fenn, Sie führen in der Mittagspause einen psychologischen Kleinkrieg gegen mich.

Erster Mann Lassen Sie uns lieber auseinandertreten, bevor es zu spät ist. Sie schießen sich auf das Liebste ein, was ich hab auf der Welt.

Zweiter Mann Selbst Ihr eigenes angebliches Kind ist Ihnen nicht zu schade, um es im Rahmen eines groben gefühlspolitischen Täuschungsmanövers zu mißbrauchen.

Erster Mann Und mit Ihnen soll ich in eine sachliche Verhandlung zurückkehren!

Zweiter Mann Keine Sorge. Ich bleibe gänzlich unbeeinflußt von Ihrem massiven Versuch einer Bewußtseinsverdunkelung.

Erster Mann Eines will ich Ihnen sagen: ich setze mich erst wieder mit Ihnen an einen Tisch, wenn Sie sich bereiterklären, das lichtbildliche Inerscheinungtreten meiner kleinen Jeannine anzuerkennen.

ZWEITER MANN Falls Sie tatsächlich ein Töchterchen haben und falls es sich dabei um ein Wesen handelt, das sich auf fotografische Weise abbilden läßt, so meine ich, brauchen Sie mir lediglich ein vernünftiges Foto von ihr zu zeigen und die Verhandlungen können unverzüglich wieder beginnen.

ERSTER MANN Das ist bereits geschehen.

ZWEITER MANN Keine Rede davon.

ERSTER MANN Merken Sie eigentlich nicht, wie grausam Sie sind? Stellen Sie sich einmal vor, die Kleine wäre hier und müßte miterleben, wie Sie so tun, als sähen Sie sie gar nicht! So ein Kind hat es doch schon schwer genug, sich im Leben zurechtzufinden. Und dann kommen Sie her und belasten es obendrein noch damit, daß Sie an seiner Existenz zweifeln.

ZWEITER MANN Wenn Ihre Tochter hier neben Ihnen stünde, brauchten wir kein Wort über sie zu verlieren.

ERSTER MANN Natürlich nicht! Sie würden sie nämlich gar nicht wahrnehmen! Wahrscheinlich sind Sie kinderblind. Wo ein gesunder Mensch ein Kind sieht, sehen Sie bloß einen schwarzen Fleck.

ZWEITER MANN Wenn ich kinderblind bin, dann handeln Sie mit Scheinkindern, mein Herr.

ERSTER MANN Als Unmensch sind Sie natürlich nicht in der Lage, den Menschen neben sich, geschweige denn ein Kind, auch nur in groben Umrissen zu erkennen. Das will mir wohl einleuchten.

ZWEITER MANN Mit dem Unmenschen haben Sie soeben deutlich eine Grenze überschritten!

ERSTER MANN Ich kann, was Ihr Verhalten meinem

Kind gegenüber betrifft, Sie nur als einen Unmenschen betrachten. Anders bringe ich es logisch nicht zusammen.

ZWEITER MANN Sie wissen genau, welche unguten Gespenster Sie mit dem Wort vom Unmenschen an die Wand malen. Auch ein Privatgespräch unter vier Augen berechtigt Sie nicht, die Grenzen des politischen Anstands zu verletzen.

ERSTER MANN Ich kann in einem Gespräch unter vier Augen, von denen zwei nicht zurechnungsfähig sind, im Grunde jedes beliebige Gespenst an die Wand malen, es gibt gar keine Grenzen, insofern es keine Zeugen gibt.

ZWEITER MANN Jetzt ist der Punkt erreicht, wo Sie Ihr wahres Gesicht zeigen und ich den Protokollführer rufen muß.

ERSTER MANN Wollen Sie damit sagen, daß Sie bereit sind, die offiziellen Verhandlungen wieder aufzunehmen, ohne irgendein Thema auszuklammern, also auch unter Einbeschluß des gesamten Jeannine-Komplexes?

ZWEITER MANN Dazu bin ich nicht nur bereit, dazu fühle ich mich verpflichtet. In einem Fall wie diesem, in dem die eine Seite, nämlich Sie, unter Einsatz massiver privatpolitischer Druckmittel ihre Ziele verfolgt, ist es nahezu ausgeschlossen, den geistig-seelischen vom sachlichen Teil unserer Auseinandersetzungen abzukoppeln. Das Ganze kann und darf nur als ein Paket verhandelt werden.

ERSTER MANN Vollkommen einverstanden. Es wäre auch absurd, an den Verhandlungstisch zurückzukehren und so zu tun, als hätte dieses Gespräch im Park nicht stattgefunden.

ZWEITER MANN Als hätten Sie nicht versucht, uns mit privaten Schwarzfotos hinters Licht zu führen.

ERSTER MANN Als hätten Sie nicht versucht, unsere liebsten Lichtbilder anzuschwärzen!

ZWEITER MANN Ich meine, wir sollten beide unsere Delegationen umgehend von diesem ernsten Vorfall unterrichten. Ihr Versuch einer unterschwelligen Irreführung –

ERSTER MANN Ihr Versuch einer brutalen Kindesverleugnung –

ZWEITER MANN Ihr Versuch einer Persönlichkeitsspaltung des politischen Gegners, kurz, alle diese Versuche lassen sich nicht geheimhalten.

ERSTER MANN Man würde sie uns anmerken.

ZWEITER MANN Höchstwahrscheinlich würde man hinter unserem Rücken zu tuscheln beginnen und sich fragen, was zum Teufel hat sich zwischen unseren Verhandlungsleitern abgespielt?

ERSTER MANN Sie haben ganz recht. Man muß den Leuten auf beiden Seiten reinen Wein einschenken.

ZWEITER MANN Wo wollen Sie den hernehmen?

ERSTER MANN Lassen Sie nur. Ich habe meine Fotos in der Hand.

ZWEITER MANN Ich habe meine Augen im Kopf.

ERSTER MANN Wissen Sie, Herr Siel, wenn dieser Park hier eine menschenleere Insel im Indischen Ozean wäre und wir beide allein wie Robinson und Freitag, dann könnten Sie sogar auf die Dauer mit Ihren finsteren Methoden Erfolg haben. Irgendwann würde ich wahrscheinlich sagen: Ach, was soll's. Mir doch egal. Ich sehe was, was du nicht siehst. Basta. Aber hier, mitten in einer modernen Gesellschaft, wo ich bloß an der nächsten Ecke jemandem meine Bilder zu zeigen brauche, und schon hab ich recht...

ZWEITER MANN Versuchen Sie's doch. Sie werden sich wundern. Im übrigen: in einer paritätisch besetzten Kommission sehen die Dinge noch einmal ganz anders aus. Ich gehe davon aus, daß sich meine Leute geschlossen auf den Standpunkt der Vernunft stellen werden, während ich vermuten darf, daß sich Ihre Interessenvertretung, wie üblich, ausnahmslos hinter der Blende der Unvernunft und der Illusion verschanzen wird.

ERSTER MANN Dann darf ich Sie fragen: Sehen Sie überhaupt Möglichkeiten für einen Kompromiß?

ZWEITER MANN Ich könnte mir vorstellen, daß wir Ihnen sehr weit entgegenkommen und uns die Auffassung zu eigen machen, daß auf Ihren Fotos früher einmal so etwas wie ein wirkliches Kind zu sehen war.

ERSTER MANN Damit würden wir uns unter gar keinen Umständen zufriedengeben. Wir könnten Ihnen maximal einen fünfprozentigen Vergilbungsabzug einräumen.

ZWEITER MANN Wir gehen vom totalen Schwarz aus. Selbst unter Aufbietung unserer empfindlichsten Vorstellungsreserven würden wir äußerstenfalls bis zur Grenze des blassen Schimmers vorstoßen. Dort wäre die Schmerzgrenze erreicht. Mehr ist nicht drin. Das sollten Sie wissen.

ERSTER MANN Nun gut. Ich sehe jetzt, in welche Richtung Sie marschieren. Sie können sich denken, daß ich wie ein Löwe kämpfen werde, um mein Kind heil an Haupt und Gliedern aus dieser nächsten Runde herauszubringen.

George Tabori
Theaterstücke 1 Hanser
George Tabori
Theaterstücke 2 Hanser

Christa Wolf im dtv

Foto: Isolde Ohlbaum

Der geteilte Himmel
Liebesgeschichte zur Zeit des Mauerbaus in Berlin
dtv 915

Nachdenken über Christa T.
Frauenleben im Osten Deutschlands
dtv 11834

Kassandra
Deutung der antiken mythologischen Frauengestalt in ihrer Suche nach den Ursachen von Gewalt und deren Überwindung
dtv 11870

Voraussetzungen einer Erzählung: Kassandra Frankfurter Poetik-Vorlesungen
Bericht über eine Griechenlandreise, Nachdenken über Kassandra, über weibliches Schreiben
dtv 11871

Kindheitsmuster
Auf den Spuren der Kindheit im Nationalsozialismus
dtv 11927

Kein Ort. Nirgends
Fiktive Begegnung zwischen Karoline von Günderrode und Heinrich von Kleist
dtv 11928

Was bleibt
Erzählung um die psychischen Folgen von Bespitzelung
dtv 11929

Störfall
Tschernobyl, April 1986. Eine Reaktion auf die unfaßbare Nachricht
dtv 11930

Till Eulenspiegel
»Eine Wut in sich, die er nicht los wird.« Till Eulenspiegel zur Zeit Luthers und Karls V.
dtv 11931

Im Dialog
Reden, offene Briefe, Aufsätze und Gespräche während der Wende
dtv 11932

Günter Grass im dtv

Foto: Klaus Morgenstern

Die Blechtrommel
Die Autobiographie des Oskar Matzerath, der Wirklichkeit ertrommeln und Glas zersingen kann
dtv 11821

Katz und Maus
Sein abnormer Adamsapfel macht Mahlke zum Helden wider Willen und führt seinen Untergang herbei
dtv 11822

Hundejahre
Der Roman über die Danziger Kleinbürgerwelt in der Zeit von Faschismus und Krieg
dtv 11823

Der Butt
»...eine Geschichte vom Fehlen und Verfehlen... eine Geschichte mit verzweifelt utopischem Ende...«
dtv 11824

Ein Schnäppchen namens DDR
Gesammelte Reden des »vaterlandslosen Gesellen« Günter Grass, gehalten im Jahr 1990
dtv 11825

Unkenrufe
Eine deutsch-polnische Liebesgeschichte, erzählt mit leiser Ironie und satirischer Schärfe
dtv 11846

Graham Greene im dtv

Ein Mann mit vielen Namen
Roman
dtv 11429

Orient-Expreß
Roman
dtv 11530

Ein Sohn Englands
Roman
dtv 11576

Zwiespalt der Seele
Roman
dtv 11595

Das Schlachtfeld des Lebens
Roman
dtv 11629

Das Attentat
Roman
dtv 11717

Die Kraft und die Herrlichkeit
Roman
dtv 11760

Der dritte Mann
Roman
dtv 11894

Das Herz aller Dinge
Roman
dtv 11917

Jagd im Nebel
Roman
dtv 11977

Unser Mann in Havanna
Roman
dtv 12034

Der stille Amerikaner
Roman
dtv 12063